AF191335

Das Buch
Konstantin Kübler verhört sich und beginnt zu zwei-
feln. Nicht an seinem Hörvermögen, sondern an seiner
Stimme. Die Geschichte eines Autodidakten, der unsichere Schritte in der Ratgebergesellschaft unternimmt.

Der Autor
Thomas Heimgartner, 1975 in Zug geboren, lebt in
Luzern, schreibt Kurzgeschichten und Erzählungen.

Thomas Heimgartner
Stimmübung

Erzählung und Anleitung

© Thomas Heimgartner, Luzern 2010
www.thomasheimgartner.ch
Herstellung und Verlag: Books on Demand GmbH, Norderstedt
Umschlagmotiv: © Filipe Varela, dreamstime.com
ISBN 978-3-8423-3376-5

Für Daniela

VORBEMERKUNG ZU DIESER AUFLAGE

Die Lektüre des vorliegenden Buches dient Selbst- und Übungszwecken. Nachdem verschiedene Leserinnen und Leser – zu Recht – bemängelt hatten, der Titel *Stimmübung* verspreche ein Lehrbuch, haben wir uns entschieden, Konstantin Küblers Erzählung in der zweiten Auflage mit passenden Anleitungen anzureichern und damit für unser Publikum einen Mehrwert zu schaffen.

Die Aufgaben sind als Anregungen gedacht, die je nach Bedürfnissen der Lernenden adaptiert werden können. Dabei ist der gewählte Ansatz konstruktivistisch und geht von der Selbstreflexion als Triebfeder der Veränderung aus. Obwohl alle Anleitungen sorgfältig und nach bestem Wissen und Gewissen verfasst wurden, können wir keine Haftung oder Verantwortung für etwaige wirtschaftliche oder gesundheitliche Schäden übernehmen.

Die Herausgeber

TAG 1

Am Anfang steht der Wunsch nach Veränderung.
Wie wollen Sie klingen, wenn Sie sprechen? Notieren
Sie spontan drei treffende Adjektive. Als erste Orien-
tierung, nicht als festes Ziel. Die Arbeit an der Stimme verstehen wir als dynamischen Prozess, der nie
abgeschlossen ist.

Formulieren Sie hier weitere Ziele und Erwartungen
an Ihr Training:

Stimmt nicht

Ich hörte die Stimme, als ich gestern beim Psychiater war. Sie sprach in unspektakulärem Mittellandidiom und knatterte in den tiefen Lagen wie ein schlecht geschmierter Zweitaktmotor. Bei den Worten: »Das ist, wie Sie wissen, mein gutes Recht als Patient« schluckte sie zweimal mitten im Satz, vor »wie« und nach »wissen«. In diesem Augenblick war für mich klar, wer an der Theke auf sein Recht pochte, während ich still in der Ecke des Wartezimmers saß.

Die Stimme gehörte meinem Kollegen Koller, der unter dem Arbeitsklima in unserer Abteilung »Tag für Tag Tantalosqualen« litt, wie er anderen gegenüber alliterierend zu klagen nicht müde wurde. Angesichts dieses immensen Leidensdruckes erstaunte es nicht, dass er hier gelandet war. Freuen konnte ich mich darüber wenig. Mir graute vor der Vorstellung, im Wartezimmer eines Psychiaters einem Bekannten zu begegnen, besonders wenn es sich um eine Person wie Koller handelte: weinerlich, schwach, geistlos. Was das schlechte Arbeitsklima anging, hatte er wenigstens Recht. Ich für meinen Teil hätte es schon als klimatische Verbesserung empfunden, wenn sich das Tief Koller verzogen hätte.

Als die Arzthelferin zu Koller sagte, er solle doch kurz im Wartezimmer Platz nehmen, Doktor B. werde sich gleich um ihn kümmern, stellte ich mich auf das Unvermeidliche ein. Ich wusste, in solchen Momenten musste man in die Offensive gehen, proaktiv handeln, wie es bei uns in der Firma hieß. Wenn Koller den Raum betrat, würde ich ihn begrüßen und in Smalltalk verwickeln wie an einer Betriebsfeier. Keinesfalls würde ich mich in eine Zeitschrift vertiefen und vorgeben, ich bemerke ihn gar nicht. Solche Manöver enden peinlich.

Im Flur war Flüstern zu hören, gefolgt von Schritten. Ich griff reflexartig zur *Psychosozialen Umschau 2/2008*. Der Titel »Wir sind eine Gruppe, die viel lacht« erheiterte mich wenig, lenkte mich aber einen Moment lang ab. Den Moment, bis ich ein »Guten Morgen« murmeln hörte. Ich versuchte mich zu sammeln. Als ich aufblickte, sah ich in ein Gesicht, das mit Koller gar nichts zu tun hatte. Ich erwiderte den Gruß in einem unentschiedenen Ton und wandte mich wieder der Zeitschrift zu.

Koller war in meiner Achtung augenblicklich zwei Stockwerke gesunken. Einen Menschen mit einer derart verwechselbaren Stimme wollte ich künftig keines Blickes würdigen. Gleichzeitig sagte ich mir, dass ich bei Doktor B. wohl am richtigen Ort war, wenn ich Stimmen vernahm, die den falschen Leuten gehörten.

Doktor B. zeigte sich verständnisvoll. Nicht für den beschriebenen Lapsus – von dem wusste er nichts –, sondern für meine Situation. Er bestätigte im Wesentlichen die Diagnose meines Hausarztes: mittelschwere depressive Episode, ausgelöst durch belastende Umstände am Arbeitsplatz. Sein Verständnis für mich hinderte ihn nicht daran, mitten in der Sitzung einen Anruf entgegenzunehmen. Er verließ das Sprechzimmer, was mir die Gelegenheit gab, einen Blick auf seine Notizen zu meinem Fall zu werfen. Manches konnte ich nicht lesen, vieles war nichts Neues. Insgesamt schien ihm meine Krankengeschichte plausibel zu sein.

Ich wollte mich schon zufrieden zurück in die Patientenposition verlagern, als mich eine Bemerkung unvorbereitet und heftig traf: »Stimme:«, war da vermerkt, »leise, belegt, monoton«. Auf diese drei Attribute reduzierte der Psychiater meine Sprechweise. Und ich hatte Koller seine verwechselbare Stimme vorgeworfen.

Doktor B. schrieb mich für drei Wochen krank. Er gab mir den wertvollen Rat, meine »Auszeit« zu nutzen, um Abstand zu gewinnen von der Arbeit. Ich solle versuchen, den Tagen eine Struktur zu geben, Tätigkeiten nachgehen, die mir für gewöhnlich Freude bereiteten. Dinge tun, die mich interessierten, für die ich sonst keine Zeit gehabt hätte. Und: Selbstreflexion sei wichtig. Vielleicht hätte ich ja Lust, Tagebuch zu schreiben. Wenn nicht, sollte ich zumindest ein Stimmungsjournal führen, in dem ich meine Befindlichkeit mehrmals am Tag mit fröhlichen oder traurigen Strichgesichtern festhalten sollte. Außerdem verschrieb er mir ein Antidepressivum.

Auf dem Weg nach Hause entsorgte ich als Erstes die Tabletten. Dann überlegte ich kurz, wie qualifiziert Doktor B.s Beratung gewesen war. Die Sache mit der Tagesstruktur und der Selbstreflexion hätte auch auf der Ratgeberseite meiner Tageszeitung stehen können. Ein Tagebuch zu führen kam nicht in Frage. Und Tätigkeiten, die mir besondere Lust bereitet hätten, konnte ich mir beim besten Willen keine vorstellen. Ich bin ein Mann ohne Leidenschaften.

Vielleicht ist diese Tatsache mitverantwortlich dafür, dass etwas scheinbar so Nebensächliches wie meine Begegnung mit Nicht-Koller den ganzen Tag an mir weiternagte. Dass Koller mich täuschen konnte, indem er seinen Stimmendoppelgänger in die

Arztpraxis schickte, beunruhigte mich mehr als meine angebliche depressive Episode.

Sogleich kamen Erinnerungen an frühere Unsicherheiten im Zuordnen von Stimmen hoch: Anrufer, die ich nicht identifizieren konnte, nachdem sie sich mit »Ich bin's« gemeldet hatten, Radiomoderatoren, die ich ständig verwechselte, zwei Mädchenstimmen, die ich als Jugendlicher einmal in der Dunkelheit fatalerweise nicht hatte auseinanderhalten können.

Ein zweites Manko führte mir der Besuch bei Doktor B. vor Augen: meine eigene Stimme. Kam einem Psychiater nur »leise, belegt, monoton« in den Sinn, wenn er mich reden hörte, war das ein Alarmzeichen. Vielleicht sollte ich meine Defizite angehen. Zeit dafür hatte ich jetzt. Ein Konzept noch nicht.

TAG 2

Wir lassen uns von der Literatur anregen. Wie sprechen Ihre liebsten Romanhelden? Leihen Sie ihnen Ihre Stimme! Notieren Sie hier drei bis fünf Sätze verschiedener literarischer Figuren und sprechen Sie diese mehrmals auf Band, indem Sie Intonation und Tempo variieren. Widerstehen Sie der Versuchung, das Ergebnis jetzt schon anzuhören.

Wie ein Löwe

Kein Tage- und kein Stimmungs-, aber ein Stimmen-buch. Die Idee kam mir mitten in der Nacht. Ich würde meinen Tagen Struktur geben und für Selbst-reflexion sorgen, indem ich Stimmforschung betrieb. Darüber ließ sich Buch führen. Mir schwebte eine Art Lernjournal vor, wie wir es im Betrieb von unse-ren Auszubildenden verlangten. So brauchte ich Dr. B. gegenüber kein schlechtes Gewissen zu haben. Und sicher war: Diese Tätigkeit würde mir mehr Freude machen als mein Broterwerb.

Ich schrieb mein Erlebnis von gestern nieder. Schon beim »Zweitaktmotor« merkte ich, wie schwer es mir fiel, mir eine einmal gehörte Stimme zu vergegen-wärtigen und sie zu beschreiben. Das erste Problem bestand in der Analyse der Stimme. Fehlte es da, war nicht erstaunlich, dass ich Probleme mit dem Wie-derkennen hatte. Oder war es vor allen Dingen eine Frage der richtigen Sprache? Verfügte ich nicht über die Worte, eine gehörte Stimme adäquat zu be-schreiben? Ich versuchte, mich an Figuren aus der Literatur zu erinnern. Bücher hatten mir schon in der Kindheit die meisten Fragen beantwortet. Dass ich später Literatur studierte, leuchtete allen ein, dass ich mit einem Literaturstudium bei einer Versicherung arbeitete, weniger.

Glausers Wachtmeister Studer tauchte in meinem literarischen Stimmensucher auf. Ihm traute ich eine knatternde Stimme wie die von Koller zu. War das nur meine dunkle Erinnerung an Studers Filmstimme? Gab es eine entsprechende Textstelle? Ich griff zum Buch. Auf einer der ersten Seiten fand ich den Satz: »Da sagte Studer und seine Stimme klang heiser.« Heiser, ein Anfang. Ich ließ vorderhand den »Zweitaktmotor« stehen.

Nachdem ich den ersten Eintrag geschrieben hatte, machte ich mich auf die Suche nach weiteren literarischen Vorbildern. Ich recherchierte zwei Stunden in Textdatenbanken. Am Ende verzeichnete meine Liste »helle«, »schöne«, »laute«, »kräftige«, »raue«, »tönende«, »bewegte«, »verstellte«, »schluchzende«, »weinerliche« und »gepresste« Stimmen. Darauf wäre ich auch gekommen. Ebenso auf den müden Vergleich des Barockdichters Abraham a Sancta Clara: »Seine Stimme gleicht der eines Löwen.« Etwas ernüchtert blickte ich auf meine Liste. Die Sache schien komplexer zu sein, als ich angenommen hatte.

Vielleicht brachte die praktische Umsetzung mehr. Ich stand auf und nahm die Liste zur Hand, um

Stimmübungen zu machen. Tief einatmen und das Zwerchfell spüren. Dies waren die nötigen Vorbereitungen, glaubte ich zu wissen. Ich begann vorsichtig mit dem Listenpunkt »weinerlich« und der entsprechenden Textstelle bei Ludwig Anzengruber. So sprach ich den kryptischen Satz: »Der Steinklopfer is über mich 'gangen.« Ich wiederholte diesen Satz mehrmals, nahm verschiedene Varianten auf Tonband auf, korrigierte mich, feilte am Tonfall, arbeitete an der dialektalen Färbung. Einige Male versagte meine Stimme an einzelnen Lauten, und mehrere Silben waren schwer verständlich, doch war dies immerhin dem Effekt der Weinerlichkeit dienlich.

Mein zweiter Übungssatz schrieb die »gepresste Stimme« vor: »Brauchet nicht so bitten« (Berthold Auerbach). Ich verfuhr gleich wie in der ersten Übung, gelangte aber schneller zu einem akzeptablen Resultat. Mein drittes Beispiel, Rübezahls »helle« Stimme, gelang mir schon fast auf Anhieb, und so ging ich den Rest der Liste zügiger und mutiger durch. Ich erfand eigene Texte zu den verschiedenen Stimmen und Stimmungen, hörte irgendwann auf, mich in meinem Tun zu genieren, und brüllte schließlich wie ein Löwe Worte eines imaginierten Ehemanns nach Abraham a Sancta Claras Vorbild: »Das ist mein

gutes Recht!« Danach verspürte ich so etwas wie
Zufriedenheit.

TAG 3

Konsequentes Stimmtraining heißt ganzheitlich vor-
gehen. Sie arbeiten nicht nur an Ihrer Stimme, Sie
bringen sich als ganze Person in diesen Veränderungs-
rungsprozess ein. Überlegen Sie sich, auf welche Ressourcen Sie dabei zählen können, und in welchen
Bereichen Sie Unterstützung benötigen. Wenn Sie
starke innere Widerstände spüren, kann es sinnvoll
sein, sich von einem professionellen Stimmcoach
begleiten zu lassen.

Stichworte zu Ressourcen für Ihren Weg:

Stichworte zu Hemmnissen auf Ihrem Weg:

Ganzheitlich

Der erste Mensch aus Fleisch und Blut, mit dem ich sprach, seit ich mich von Doktor B. verabschiedet hatte, war Herr Schaller, mein Nachbar. Vermutlich hatte er meine Schritte auf der Treppe gehört und eigens am Briefkasten gewartet, um mich mit einem dümmlichen Grinsen zu grüßen und mir einen schönen Tag zu wünschen. Fragte er sich, was ich um halb neun noch zuhause machte? Hatte er gestern den Löwen gehört? Ich nickte ihm zu und kümmerte mich nicht weiter um ihn und seine Gedanken.

Die Schlagzeilen in der Zeitung überfliegend, ging ich die Treppe hoch zurück in meine Wohnung. Dort versuchte ich mich zu erinnern, wie Schallers Stimme geklungen hatte. Blökend, wiehernd? Mir kamen in Zusammenhang mit meinem Nachbarn nur tierische Laute in den Sinn. Die Tiere passten zu seiner Erscheinung, passten sie zu seiner Stimme?

Ich setzte mich an den Computer und fuhr mit meinem Studium der Stimmen in der Literatur fort. Gestern war ich bei Autoren auf A stehen geblieben. Auf Schallers Stimme fand ich auch bei den mit B beginnenden Namen kein treffendes Attribut. Überhaupt waren die Erkenntnisse rar. Nach Hugo Ball brach ich die Recherche ab. Ich war in *Flametti* auf einen gewissen Engel gestoßen, der zu Gudrun, der Baronesse, mit »traurig schluckender Stimme« sprach. Schluckend. Das konnte ich wirklich nicht als Erfolg abbuchen. Reichte es Koller denn nicht, dass er meine Alpträume mit seinem Schlucken begleitete, musste er auch noch sprechen wie ein literarischer Engel?

Ich versuchte auf andere Gedanken zu kommen und rief meine elektronische Post ab. Keine Nachrichten. Ich spielte mit der Idee, Koller eine Hassmail zu schreiben. Ich steuerte ein Zeitungsportal an. Keine Nachrichten. Ich surfte von der Wettervorhersage zur Pollenflugprognose und zu meinem Bankkonto, zurück zum Zeitungsportal, rief erneut meine Post ab und musste feststellen, dass ich weder eine Nachricht erhalten hatte noch auf andere Gedanken gekommen war.

Irgendwann gab ich in der Suchmaschine »Stimmübung« ein und stieß neben langweiligem Instruktionsmaterial auf die Anzeige eines diplomierten Lachtrainers, der Lachyoga und Heiterkeitscoaching anbot. Einen Moment überlegte ich, ob das eine Alternative zu meinem diffusen Vorhaben war – dann suchte ich weiter.

In einem lokalen Verzeichnis begegnete ich unter

der Überschrift »Sprechen, Atmen, Stimme, Kommunikation« einer Dame, die Atem-, Stimm- und Sprechcoach, Schauspielerin und Kinesiologin in einer Person war. Ich konnte mir wenig darunter vorstellen. »Ganzheitlich« schien mir dieses Angebot zumindest zu sein – eine Qualität, die heute wichtig ist. Aus einer seltsamen Laune heraus rief ich bei Frau Marie de Sadeleer an und war erstaunt, dass sie mir schon für morgen einen Termin geben konnte. Vielleicht war sie um jeden Kunden froh. Sogar um einen, der als Motivation am Telefon angab, er wolle sein Stimmenrepertoire erweitern; brüllen wie ein Löwe, weinen und pressen könne er schon.

Der Weg zur Wunschstimme führt über die richtige Atmung. Schon Paracelsus wusste: »Der Atem heilt von innen.« Doch richtig atmen will in unserer hektischen Zeit gelernt sein. Gönnen Sie sich jeden Tag während einiger Minuten den Luxus des folgenden Atemtrainings:

1. Legen Sie sich entspannt hin und schließen Sie die Augen.
2. Atmen Sie bei geschlossenem Mund langsam und genüsslich durch die Nase ein. Ihre Bauchdecke hebt sich leicht, ihr Zwerchfell senkt sich.
3. Machen Sie eine kurze Atempause, bevor sie auf ein sanftes »Schhhhh« ausatmen.
4. Wenn Sie ganz ausgeatmet haben, warten Sie mit dem Einatmen einen Moment, bis Sie wieder bei 2. beginnen.

Zulassen

»Ihre Stimme klingt angegriffen, matt«, stellte Marie de Sadeleer nüchtern fest, nachdem ich mich vorgestellt und eine unspezifische Erklärung gegeben hatte, weshalb ich hier war. Angegriffen, matt – damit verfügte ich über zwei weitere schmeichelhafte Stichworte zu meiner Stimme. Mein Coach schien nichts von einer schonungsvollen, Ich-geb-dir-ein-gutes-Gefühl-Startphase zu halten. Überhaupt wirkte sie viel weniger esoterisch, als ihr Telefonbucheintrag mich hatte erwarten lassen. Sie trug kein Batikkopftuch, keinen Muschelschmuck, stattdessen eine modische Kurzhaarfrisur und schlichte silberne Ohrstecker. Sie mochte gegen vierzig Jahre alt sein, hatte ein hübsches, etwas hartes Gesicht und einen klaren Blick.

»Wie wird meine Stimme denn klingen, nachdem Sie mich gecoacht haben?«, fragte ich herausfordernd.

»Geschmeidig, elastisch, dynamisch zum Beispiel – natürlich nur, wenn Sie sich darauf einlassen und Veränderung zulassen.«

Ich fragte mich, ob »elastisch« den leichten, keineswegs unsympathischen Singsang meinte, in dem de Sadeleer sprach.

»Wenn ich vor allem glauben muss, dass das Training funktioniert, kann ich ebenso gut homöopathische Stimmkügelchen schlucken«, sagte ich.

»Die gibt es nicht, mich schon.«

Womit sie Recht hatte. Ich folgte ihr also auf ihr »Kommen Sie mit« und betrat eine Art Gymnastikraum, der mit Spiegeln, grünen Bällen und Matten ausgestattet war.

»Legen Sie sich hin und schließen Sie die Augen«, leitete sie mich an. Das Erste tat ich, mit dem Zweiten wartete ich zu. Ich war mir nicht sicher, wie weit mein Vertrauen zu Frau de Sadeleer gehen sollte.

»Zulassen, Konstantin«, flüsterte sie da und die vertrauliche Anrede tat ihren Zweck. Ja, Marie, antwortete ich in Gedanken und schloss die Augen.

Als Erstes musste ich meinem Körper nachspüren. Die Schwere erleben, Verspannungen lösen, den Atem kommen und gehen lassen. Warten, bis ich ruhig werde. Einatmen, ausatmen. Bilder entstehen lassen. Ein und aus und ein und aus. Durch die Nase Luft holen, durch den Mund Luft ausströmen lassen. Den Atemreiz spüren. Das Atmen genießen. Die Schwere. Die Entspannung. Auf »schhhhhhh« ausatmen. Ohne Druck. Wie ein leichter Windzug. Wie ein Säuseln. Gut, Konstantin. Jetzt, ganz ohne zu forcieren, auf »n« ausatmen. Schon zu viel. Weniger Druck. Den Stimmsitz finden. Nicht pressen. Nur so viel Energie aufwenden wie unbedingt nötig. Jetzt auf »no«. Minimaler Druck wieder. Wenn die Stimme abbricht, lassen wir sie abbrechen. Die Stimme geht und kommt. Zeit nehmen. Atmen. Ein … und aus.

So gab ich mich Maries Führung hin, ohne zu murren. Ich kommentierte innerlich nur kurz, dass der Stimmsitz im Liegen schwer zu finden sei, ansonsten folgte ich meinem Stimmcoach minutiös und vergaß allmählich den inneren Spötter. Ich führte meinen Ton mit der Hand durch den ganzen Körper, fand Resonanzräume an den unmöglichsten Körperteilen, hörte, spürte »no« in der Stirn, in der Brust, in den Fingerspitzen, in den Füßen. Erlebte meine Stimme intensiv wie nie. Sagte »no« und dachte: »Ja! Ich töne!«

»Und, wie war's für Sie?«, fragte mich Marie nach dem einstündigen Training.

Ich wollte nicht zu enthusiastisch wirken und sagte: »Eine interessante Erfahrung. Ich komme wieder. Morgen vielleicht?«

»Nein. In einer Woche. Bis dahin üben Sie jeden Tag. Und verraten Sie mir jetzt noch, was das mit dem Löwen am Telefon sollte?«

»Ein dummer Scherz eines gescheiterten Autodidakten. Vergessen Sie's«, versuchte ich zu sagen, ohne angegriffen oder matt zu klingen.

Ich verließ den Ort, an dem ich gefunden, was ich nie gesucht hatte: meinen Stimmsitz. Und an dem ich es zugelassen hatte, einem Mitmenschen zu begegnen, der mir nicht das Gefühl gab, ohne Mitmenschen besser dran zu sein. Ein erfolgreicher Tag.

TAG 5

Nehmen Sie die Stimmenvielfalt, der Sie täglich begegnen, bewusst wahr. Schauen Sie mit geschlossenen Augen fern, setzen Sie sich auf den Balkon, um Ihren Nachbarn zuzuhören, oder besuchen Sie ein Café. Versuchen Sie die unterschiedlichen Sprechweisen, die Sie wahrgenommen haben, zu beschreiben.

Katz und Fisch

Auf die Euphorie folgte der Katzenjammer. Ich wiederholte die Übungen von Marie zuhause, fand aber weder die Entspannung, die ich gestern im Gymnastikraum gespürt hatte, noch den Stimmsitz wieder. Ich war nervös, blockiert. Konnte kaum einen klaren Gedanken fassen, war außer Stande, mich auf etwas zu konzentrieren. Leere. Kein Appetit. Am liebsten hätte ich mich den ganzen Tag im Bett verkrochen. Das depressive Krankheitsbild, das ich meinen Ärzten in den schönsten Farben ausgemalt hatte, um der Arbeit zu entkommen, war zum Selbstporträt geworden.

Meine Gedanken kreisten um meine berufliche Situation. Seit acht Jahren arbeitete ich in der Ausbildungsabteilung einer großen Versicherung, entwarf Aus- und Weiterbildungskonzepte für unsere Angestellten, plante und redigierte interne Lehrmittel, war der steten Weiterentwicklung unserer Mitarbeiter verpflichtet. Ich hatte die Stelle nach dem Studium mangels Alternativen angetreten und träumte zu Beginn noch davon, in einem Literaturverlag oder im Feuilleton einer Zeitung Karriere zu machen. Bald merkte ich jedoch, dass ich mit dem, was ich hatte, nicht unzufrieden war, und hörte auf, Stellenanzeigen zu studieren. Es beruhigte mich irgendwie, dass ich mit der Literatur kein Geld verdiente und sie mit niemandem teilen musste.

Vor zwei Jahren bekam unsere Abteilung einen neuen Chef. Einen unfähigen. Der Konkurrenzkampf nahm zu, die Stimmung sackte in den Keller. Damit hätte ich leben können. Schon schwerer erträglich war, dass der Chef Koller als neuen Mitarbeiter einstellte. Dieser fiel im Team schnell dadurch auf, dass er von den Praktikanten mehrmals täglich Kaffee verlangte – »in meine persönliche Tasse, wenn ich bitten darf« – und dass er immer lachte, wenn es der Chef tat. Ein Opportunist. Das ist er geblieben.

Kollers Opportunismus mag mit ein Grund sein, dass ich ihn für das, was uns vor drei Monaten kommuniziert wurde, mindestens so verantwortlich mache wie den Chef. Unsere Abteilung soll im Rahmen einer Umstrukturierung bis spätestens Ende Jahr aufgelöst werden, hieß es an der Mitarbeiterinformation. Unsere Aufgaben würden durch andere Abteilungen und externe Anbieter übernommen. Für die Angestellten suche man intern neue Tätigkeitsfelder. Ich habe keine Lust auf Veränderung. Keine Lust auf ein neues Tätigkeitsfeld. Und ich empfinde es nicht gerade als Bestätigung meiner Arbeit, wenn die Abteilung, für die ich mich während bald eines Jahrzehnts überdurchschnittlich einsetze, plötzlich als überflüssig erachtet wird. Wahrscheinlich hatte mein Arzt Recht, wenn er bei mir eine Art »Sinnvakuum« feststellte. Im Moment habe ich keine Hoffnung, dieses Vakuum irgendwie zu füllen.

Am Abend trat ich auf den Balkon, um die untergehende Sonne zu betrachten und den Stimmen im Innenhof zuzuhören. Niemand ließ sich blicken. Nichts war zu hören. Ich starrte in die Abendstimmung und gab mir Mühe, die Ruhe zu genießen, als ein Schatten von oben durch mein Blickfeld zuckte. Ich hörte ein Platschen und schaute auf den Boden unter mir. Ein Fisch lag da, vermutlich eine Forelle. Sie war tot. Ich brachte nicht die gedankliche Energie auf, um mich über diesen Vorfall zu wundern. Irgendwie passte er zum heutigen Tag. Die Forelle wäre auch stumm geblieben, wenn sie noch gelebt hätte. Sie hätte sich beim Aufprall auf ein »Platsch« und etwas Zappeln beschränkt. Bis sie nur noch dagelegen wäre.

TAG 6

Wie nehmen andere Ihre Stimme wahr? Fragen Sie
zwei bis drei vertraute Menschen, wie Ihre Sprechweise auf sie wirkt und welche Eigenheiten ihnen
auffallen. Nehmen Sie die Rückmeldungen im Sinne
eines konstruktiven Feedbacks entgegen. Fragen Sie
nach, wenn etwas unklar geblieben ist, aber nehmen
Sie keine Verteidigungsposition ein. Feedback ist kein
Zwang zur Veränderung, lediglich eine Anregung.
Notieren Sie sich, welche Rückmeldungen wertvoll
für Sie waren.

Experiment

Als Erstes schaute ich heute Morgen auf die Straße unter meinem Küchenbalkon. Der Fisch war weg. Vielleicht hatte eine Katze sich über den Jammer ihres Lebens mit einem Frühstück getröstet. Ein gutes Beispiel für mich.

Nach meinem Morgenkaffee kam mir Maries Mahnung in den Sinn. Jeden Tag sollte ich üben. Das hatte ich mit der Zusage für die Fortsetzung des Stimmtrainings gleichsam versprochen. Den Ablauf meines Programms hatte ich in Stichworten auf einem Zettel vor mir: »Entspannung, Atem, Ton, Resonanz spüren. Dauer: 40 Minuten.« Der Einstieg fiel mir nicht leicht, doch je mehr ich mir Maries Stimme in Erinnerung rief, umso mehr kam ich zur Ruhe. Am Ende hörte sich meine Stimme zwar nicht gerade elastisch an, doch klang sie immerhin voller und frischer als gestern. Oder bildete ich mir dies nur ein?

Ich wagte ein Experiment. Wie nahmen andere meine Stimme wahr? Zu direktem, ungeschütztem Kontakt mit Menschen konnte ich mich noch nicht überwinden, doch der war für einen Stimmentest auch nicht nötig. Das Telefon reichte dafür völlig. Ich wählte die Nummer meiner Mutter. Die würde sich über einen Anruf freuen, nachdem ich mich einen Monat nicht gemeldet, nicht einmal auf ihre Nachrichten auf dem Anrufbeantworter reagiert hatte. Sie antwortete nach dem zweiten Klingeln.

»Kübler.«

»Hallo, ich bin's.« Jetzt weigerte *ich* mich für einmal, mich korrekt zu identifizieren.

»Christian?«, hörte ich eine unsichere Stimme.

»Nein, Mama. Konstantin.« Meine eigene Mutter hatte mich am Telefon nicht erkannt. Hatte sich meine Stimme schon so stark weiterentwickelt?

»Konstantin! Weshalb sagst du das denn nicht gleich?«

»Ich dachte, du kennst meine Stimme auch so.«

»Tu ich ja auch.«

»Warum dachtest du denn, ich sei Christian?«

»Weil dein Bruder mich ungefähr dreimal so häufig anruft wie du. Darum.«

»Jetzt rufe ich dich ja an. Gut klingst du übrigens, Mama«, sagte ich, um das Thema Stimme einzuleiten.

»Es geht mir auch gut. Aber wie geht's dir?«

»Wie klinge ich denn?«

»Wie immer.«

»Nicht elastischer, dynamischer?«, fragte ich hoffnungsvoll.

»Nimmst du Drogen, Konstantin?«

»Nein, Mama. Ich mache Stimmbildung.«

»Dann bin ich ja beruhigt. Am Freitag hab ich im Fernsehen eine Doku über Drogenkonsum bei Managern gesehen. Schrecklich, das kann ich dir sagen. Dieser Leistungsdruck treibt die in die Sucht. Medikamente, Alkohol und Arbeiten bis zum Umfallen. Da ist unsereiner froh, hat man das Arbeitsleben so gut hinter sich gebracht. Ist das bei euch auch so schlimm?«

»Nein, im Moment habe ich nicht besonders viel zu tun.«

Das beruhigte meine Mutter. So konnte sie mir ganz entspannt die übrigen zwölf Reportagen und Tatsachenberichte nacherzählen, die sie im letzten Monat gesehen hatte. Das Themenspektrum reichte von Pudelentführungen über Internetshoppingbetrug bis zu Hormonen in Sonnencremes, die in die Muttermilch gelangen konnten. Letzteres hätte meine Mutter nun wirklich nicht mehr kümmern müssen.

Nach einer knappe Stunde gelang es mir, mich zu verabschieden. Über den Zustand meiner Stimme hatte ich nichts Neues erfahren. Dafür wusste ich wieder, weshalb ich meine Mutter so lange nicht angerufen hatte.

Übermorgen habe ich meinen nächsten Termin bei Doktor B. Vielleicht sollte ich mit ihm auch einmal über meine Mutter reden. Psychiater haben zu Mutter-Sohn-Beziehungen immer etwas zu sagen.

TAG 7

Sie haben sicher bemerkt, dass Sie ein besseres Sensorium für den Klang von Stimmen entwickelt haben. Machen Sie sich heute auf die Suche nach einer »Stimmperle«. Wer in Ihrer Umgebung spricht besonders angenehm, und was genau gefällt Ihnen daran? Nehmen Sie Ihre »Perle« als Begleiterin, deren Glanz auf Sie ausstrahlt, aber nicht als Vorbild, das es zu kopieren gilt.

Name meiner »Stimmperle«:

✍

Deren Qualitäten:

✍

Vergleichen Sie diese Qualitäten mit Ihrer Liste von Tag 1. Formulieren Sie nötigenfalls Ihr Übungsziel neu.

✍

Déjà-entendu

Hätte ich eine Leidenschaft, wäre es vielleicht die Eisenbahn. Mit meinem Generalabonnement der Schweizerischen Bundesbahnen lasse ich mich oft völlig planlos durchs Land fahren. Ich gehe morgens an den Bahnhof, nehme den erstbesten Zug, steige wieder aus, wenn ich genug vom Zug oder meinen Mitpassagieren habe, und warte auf den nächsten Anschluss. Es ist mir schon passiert, dass ich es am Abend nicht mehr nach Hause schaffte, weil ich die Grenzen des SBB-Fahrplans zu optimistisch eingeschätzt hatte.

Heute bestieg ich den Zug nach Basel kurz vor zehn mit einem konkreten Vorsatz. Ich wollte Stimmen fremder Menschen auf mich wirken lassen und mir dazu Notizen für mein Stimmenbuch machen. Nach dem Training meiner eigenen Stimme war es an der Zeit, meine Wahrnehmung für fremde Stimmen zu schärfen.

Der Zug stand noch im Bahnhof, ich schaute aus dem Fenster. Im Glaswartekasten am Bahnsteig saß ein junges Pärchen und knutschte. Das Mädchen klammerte sich mit ihren Beinen um den Bauch des Jungen und schlang ihren linken Arm um seinen Körper. Er streichelte mit dem rechten ihr Haar. In der freien Hand hielten beide ihr Handy. Die Displays leuchteten.

Die Szene löste Merkwürdiges in mir aus. Während der Zug den Bahnhof verließ und die Fenster der Häuser an mir vorbeischossen, feuerten die Neuronen meines Gehirns Marie in mein Bewusstsein. Dabei konnte ich nicht einmal sagen, ob das Knutschen oder die yogaähnliche Haltung des Mädchens eben für ihre Präsenz in meinen Gedanken verantwortlich war. Oder war es lediglich der strebsame Schüler in mir, der bei der Erledigung der Hausaufgaben an seine Lehrerin dachte? Ich ließ Maries Präsenz eine Weile zu, nahm dann meinen Notizblock hervor und versuchte mich auf das zu konzentrieren, was ich um mich herum hörte. Dr. B.s Vorbild gemäß notierte ich zu jeder Stimme drei Attribute. Nach einer einstündigen Bahnfahrt standen in meinem Stimmenregister fünf Beispiele:

bellend, rauchgeschädigt, autoritär

schmatzend, gedrückt, speiseröhrig

cool, nasal, kontrolliert

dumpf, kurzatmig, japsend

lauwarm, brüchig, staccato

Im Wissen, dass ich nur Durchschnittsstimmen gehört hatte, stieg ich in Basel aus. Ich machte einen Stadtbummel, um mir die Beine zu vertreten, und setzte meine Stimmenreise fort. Weiter ging es nach Zürich, Chur, St. Gallen. Bis am Abend hatte ich die halbe Schweiz befahren, Espresso in sechs Dialekten serviert bekommen und Seite um Seite mit meinen Notizen gefüllt. Die große Erkenntnis oder Entdeckung war ausgeblieben.

Erst auf der Heimreise, kurz vor Mitternacht, im letzten Zug zurück, horchte ich auf. Die Sprecherin musste mit ihrer Begleiterin irgendwo unterwegs zugestiegen sein, ohne dass ich sie bemerkt hatte. In meinem Rücken hörte ich nun ihre frische Stimme, klar und bestimmt, aber weder hart noch übertrieben in der Sprechmelodie. Nur wenn ihre Gefährtin ihr Fragen stellte, die ihr zu direkt waren, reagierte sie mit einem leichten Federn in der Intonation. »Würdest du mir das denn zutrauen?«, wurde sie beispielsweise gefragt. »Das kannst du viel besser beurteilen als ich«, antwortete sie mit einem nicht unsympathischen Singsang. Es war ein Déjà-entendu. Doch ich war vorsichtig geworden. Bis zur Endstation drehte ich mich nicht um, und ich stieg erst aus, als alle anderen gegangen waren. Ich wollte nicht noch einmal getäuscht werden. Und weiß deshalb nicht mit Sicherheit, ob es wirklich Marie gewesen war.

TAG 8

Haben Sie täglich geübt? Ziehen Sie eine erste Zwi-
schenbilanz. Sprechen Sie Ihre Übungssätze von Tag 2
erneut auf Band und vergleichen Sie den Klang Ihrer
Stimme. Sind Sie zufrieden? Nehmen Sie die Fortschritte als Motivation, am Ball zu bleiben. Enttäuscht
Sie das Ergebnis? Denken Sie daran: Rückschläge in
der Übungsphase gehören dazu. Lassen Sie sich nicht
verunsichern und arbeiten Sie weiter an sich und
Ihrer Stimme. Sie werden staunen, wie Sie in einer
Woche klingen! Notieren Sie sich hier Ihre nächsten
Schritte:

Vortrag

Dr. B. wollte genau wissen, wie es mir in der letzten Woche ergangen war. Ich gab ihm einen wahrheitsgetreuen, wenn auch gefilterten Bericht. So verschwieg ich, dass ich das letzte Mal einen Blick auf seine Notizen geworfen und dass die Begegnung mit Kollers Stimme in seinem Wartezimmer stattgefunden hatte. Stattdessen schmückte ich das Telefongespräch mit meiner Mutter etwas aus.

Meine Beschäftigung mit der Stimme schien ihn zu interessieren. Auch die Beziehung zu meiner Mutter könnte man zum Thema der heutigen Sitzung machen, meinte er. Doch dies sei erfahrungsgemäß ein weites Feld. Auf meine Einstellung zur Arbeit würden wir im Übrigen nächste Woche kommen. Bis dann müsste auch die Wirkung des Antidepressivums zu greifen beginnen. »Heute arbeiten wir an dem, was im Moment für Sie wichtig ist«, meinte er und begann mit seinen Ausführungen.

Die Stimme also. Sie sei eine wichtige Säule unserer Identität. Ich hätte mit Koller und mit meiner Mutter die Erfahrung gemacht, dass Stimmen nicht immer zu trauen sei. Fremden nicht, auch der eigenen nicht. Ich hätte Dynamik in einem System erlebt, das ich für starr gehalten hätte. Das sei eine verunsichernde Erfahrung, die Auswirkungen auf das Selbstkonzept habe. Dass ich jetzt, im Moment einer Krise, dieses System besser verstehen wolle und mich gerade damit intensiv auseinandersetze, sei nicht zufällig. Vielleicht hätte ich sogar in der Kindheit oder Jugend ein prägendes Erlebnis mit der Stimme gehabt.

»Ja, da hatte ich den Stimmbruch«, sagte ich.

»Sehen Sie«, fühlte er sich bestätigt, »der Stimmbruch scheint für Sie eine wichtige Erfahrung gewesen zu sein. Diese Erfahrung der Unsicherheit kennen Sie demnach schon, glaubten sie aber inzwischen verarbeitet zu haben.«

Ich überlegte kurz, ob ich ihm im Zusammenhang mit meinen Jugenderlebnissen von den beiden Mädchen erzählen sollte, deren Stimmen ich einmal im Dunkeln verwechselt hatte, ließ es dann aber. Dr. B. schien nicht noch mehr Futter für seine Theorien zu benötigen.

»Dass Sie Ihre eigene Stimme besser kennenlernen und Stimmbildung betreiben, halte ich für einen sinnvollen Lernprozess. Mit Ihren Analysen fremder Stimmen aber, Herr Kübler, versuchen Sie an Ihrem starren Bild von Stimmlichkeit festzuhalten«, fuhr Dr. B. zu dozieren fort. »Dabei zeigen ja gerade Ihre

Notizen während der Bahnreise, wie stark situativ unser Sprechen geprägt ist. Der Schaffner wird mit seinen Kindern nicht gleich reden wie mit den Fahrgästen. Die junge Mutter dürfte nicht den ganzen Tag japsen. Darüber hinaus tragen Faktoren wie die allgemeine Artikulationsfähigkeit oder Eigenheiten der Diktion, die nicht direkt mit der Stimme zu tun haben, zum Eindruck bei, den die Sprechweise einer Person hinterlässt. Mit drei Stichworten oder dem Versuch einer Ad-hoc-Kategorisierung kommen Sie der Komplexität des Phänomens Stimme nicht bei.«

Ich hätte hier die drei Stichworte »leise, belegt, monoton« erwähnen können, ließ es aber und fragte stattdessen: »Soll ich also damit aufhören, andere in ihrem Sprechen zu beobachten?«

»Nicht unbedingt. Doch sollten Sie sich eigentlichen Begegnungen dadurch nicht verschließen. Die Stimme ist primär ein Kommunikationsmittel, nicht ein Analysegegenstand, Herr Kübler. Nutzen Sie dieses Kommunikationsmittel. Lassen Sie sich auf Begegnungen ein. Wir üben das gleich anhand einiger Situationen.«

Einlassen, zulassen. Verbindungen mit »lassen« scheinen im Beraterjargon wichtig zu sein. Ich ließ mich auf Dr.B.s Rollenspiele ein (Begegnung am Getränkeautomaten in der Firma, Einladung bei Freunden, Besuch einer Vernissage) und ließ mir nach der Sitzung einen Termin für nächste Woche geben. Das Schlimme an meinem Therapeuten war, dass seine Ausführungen so einleuchtend waren, dass ich mich ihm fast nicht verweigern konnte.

TAG 9

Spielen Sie mit dem erotischen Potenzial Ihrer Stimme! Sprechen Sie den Satz: »Ich liebe dich, ...« mehrmals in folgenden Varianten:
– neutral
– glückserfüllt
– flüsternd
– gehaucht
– stöhnend
– ...

Variante: Formulieren Sie eigene »Herzenssätze«.

Je nach persönlicher Lebenssituation können Sie auch hier Feedback einholen.

Stimmlust

Ich wachte auf und dachte an Marie. Es waren keine keuschen Gedanken. Ich malte mir aus, wozu Marie mit ihrer Stimme fähig wäre. Waren es Frauen wie Marie, die nächtliche Fernsehzuschauer dazu brachten, Nummern zu wählen, die alle mit derselben Vorwahl begannen und sich durch Minutentarife von mehreren Franken auszeichneten?

Was hätte ich bezahlt, um jetzt mit Marie sprechen zu können? Erst übermorgen würde ich sie wiedersehen, wiederhören. Ich wusste nicht, was mir wichtiger war: sie zu sehen oder ihre Stimme zu hören. Klar war einzig, dass ich nach dieser Frau, die ich erst einmal getroffen hatte, eine immer akuter werdende Sehnsucht verspürte.

Während ich duschte, stellte ich mir Telefonsex-Damen bei der Arbeit vor. Genauer: Ich stellte mir Marie vor, wie sie dieser Arbeit nachgeht. Drei Varianten: Marie in einem Callcenter, Zeitung lesend auf Anrufe wartend. Marie bei sich zuhause, auf einem grünen Gymnastikball. Marie, wie sie in den Hörer haucht: »Und, wie war's für dich, Konstantin?« Mich am anderen Ende der Leitung, unschlüssig, ob ein solches Gespräch mit »Auf Wiederhören« zu beenden sei. Die Stimme als ein Kommunikationsmittel. Dr. B. meinte damit sicher nicht, dass ich alle 090er-Nummern durchprobieren sollte, um vielleicht Maries Stimme zu hören. Er wollte mich unter die Leute bringen. Ich tat ihm den Gefallen und ging in die Stadt. Frühstücken, dann einkaufen.

Gerne würde ich, was ich an diesem Tag sonst noch tat, auf eine aphrodisierende Zutat in meinem Frühstücksmüsli oder eine Fernwirkung des entsorgten Antidepressivums schieben. Doch vermutlich wurde der Mann ohne Leidenschaften schlicht von der morgendlichen Stimmung eingeholt, als er an einer Bretterwand die Plakate bemerkte, auf denen X ein auffällig gehäuft vorkommender Buchstabe war. In unserem Eisstadion begegnete man der Sommerflaute offenbar gerade mit dem Veranstalten einer großen Erotikmesse. Wo im Winter die »Löwen« für Eishockeyspektakel sorgten, durften jetzt Katzen heiße Spiele spielen, assoziierte ich frei dazu.

Leicht belustigt über die Launen meines Hormonhaushalts schlug ich den Weg zum Stadion ein. Wahrscheinlich nahm ich an, eine innere Barriere würde mich früher oder später stoppen. Doch das erste Hindernis, das mir begegnete, war das Drehkreuz an der Kasse der Messe. Und dieses passierte ich ohne langes Zögern, nachdem ich die 15 Franken Eintritt bezahlt hatte.

Der erste Eindruck war enttäuschend. Abgesehen davon, dass das Verkaufspersonal auffallend knapp und lederlastig bekleidet, das Publikum vorwiegend männlich und das Angebot sehr spezifisch war, schien mir der Anlass in seiner organisatorischen Grundstruktur von einer allgemeinen Handelsmesse nicht sehr verschieden zu sein. Die präsentierten Waren musterte ich mit mittelgroßem Interesse: Lustkugeln, deren Verwendungszweck mir eine junge Dame mit ekstatisch verdrehten Augen erklärte (»Ich trage sie in diesem Moment«), Spielzeug für Erwachsene, Magazine, Dildos, Masken, Reizwäsche und so weiter.

Nach einer Viertelstunde hatte ich genug. Ich war bereits auf dem Weg zum Ausgang, als eine Lautsprecherstimme zur Sadomaso-Show auf der großen Bühne rief. Die Massen setzten sich sogleich in Bewegung und strömten zur Mitte der Eishalle. Ich blieb stehen und beobachtete das Ganze aus der Distanz. Während die Akteure auf der Bühne mit Fackeln und Handschellen eifrig Kerkerstimmung verbreiteten, stand das Personal an den Verkaufsständen etwas verloren und gelangweilt herum. Die Lustkugeldame nahm als Erste ihr Mobiltelefon zur Hand, ihre Kolleginnen und Kollegen taten es ihr mit wenig Verzögerung gleich. Kommunikation, die ansteckte.

Ich nahm mein Handy aus der Innentasche und stellte mir vor, wie es wäre, wenn ich jetzt Marie anriefe. Was würde ich sagen? Wie würde ich klingen? Ohne viel zu überlegen, murmelte ich ein paar Sätze vor mich hin:

»Woran denken Sie, wenn es regnet, Marie?«

»Wie geht es Ihnen, wenn Sie schweigen?«

»Lieben Sie, Marie?«

»Würden Sie vielleicht mit mir …«

Es waren Sätze, die ich nie über die Lippen bringen würde. Ich ließ mein Handy in die Tasche zurückgleiten und schaute mich um. Je mehr ich an Marie dachte, desto mehr war mir die Umgebung mit all diesen kaugummi-klebrigen oder zuckrig-schwülen Stimmen zuwider. Ich verließ das Stadion, während die Show auf der Bühne mit dem Zünden von Vulkanen eruptiv zum Höhepunkt kam.

Vertrauen Sie der Kraft Ihrer Stimme auch in heiklen Situationen. Scheuen Sie die Konfrontation nicht. Wenn es kritisch wird, bleibt Ihre Stimme klar und fest. Wem wollten Sie schon lange die Meinung sagen? Schreiben Sie hier Ihre Standpauke auf. Doch: Üben Sie nicht zu viel. Lassen Sie spontanen Emotionen den Raum, den sie brauchen.

Kraftausdruck

Ich war dabei, die Herzenssätze von gestern, die ich inzwischen aufgeschrieben und erweitert hatte, nachzusprechen. Den Reim Sie–Marie hatte ich mir eben zum 23. Mal auf der Zunge zergehen lassen, als das Telefon klingelte.

»Kübler«, säuselte ich, noch ganz in meiner Rolle, in den Hörer, wurde vom Anrufer aber augenblicklich aus dem Sinnlichkeitsmodus geworfen. Es war Kollers Stimme, die ich hörte, und diesmal identifizierte sich der Sprecher – nur teils zu meiner Erleichterung – tatsächlich als Koller.

»Entschuldigen Sie, Herr Kübler, dass ich Sie störe, zumal man mir gesagt hat, dass Sie nach Ihrer … Krankheit viel Ruhe benötigen.«

Seiner Sprechweise war anzuhören, dass er sich diesen Satz vorher notiert hatte – Schluckpause vor »Krankheit« inklusive. Ich hasste ihn für dieses Detail. Im Geschäft hatte ich nur den direkten Vorgesetzten in die offiziellen Umstände meiner krankheitsbedingten Absenz eingeweiht und ihn um Diskretion gebeten. Dass dies Raum für Spekulationen bei meinen Kolleginnen und Kollegen eröffnen würde, war mir klar gewesen, hätte mir aber nicht ausgerechnet von Koller demonstriert werden müssen.

»Ja, bitte?«, sagte ich so neutral wie möglich.

»Es ist mir unangenehm, diese Sache anzusprechen«, fuhr er fort, »aber ich möchte Sie wissen lassen, dass ich Sie sehr wohl gesehen habe und dass – falls Sie mich auch gesehen haben – es wohl in unser beider Interesse wäre, wenn wir über den Ort und die Umstände unserer Begegnung anderen gegenüber Stillschweigen bewahren würden. Sie können jedenfalls ganz auf meine Verschwiegenheit zählen.« Meine erste Reaktion war: Unglaublich, dass dieser Koller ein ganzes Telefongespräch ausformuliert, bevor er zum Hörer greift. Dann fragte ich: »Ist das alles?«

»Ja.«

»Dann würde ich mich jetzt von Ihnen verabschieden und Ihnen noch einen schönen Tag wünschen – gesetzt den Fall, wir haben uns soeben gesprochen.« Ich legte auf.

Die Sekunden vergingen und mit jeder Sekunde schien mir das soeben geführte Gespräch unwirklicher. Was ich als letzten Satz ironisch angedeutet hatte, zog ich nun beinahe ernsthaft in Betracht: dass dieser Anruf gar nicht stattgefunden hatte. Doch dies wäre schon meine zweite Koller-Einbildung binnen zwei Wochen gewesen und so viel Bedeutung konnte der ungeliebte Kollege auch in meinem verworrensten Unbewussten nicht haben.

Koller war es also peinlich, vielleicht von mir gesehen worden zu sein, wo er mich gesehen hatte. Der Schweinigel! Besucht in seiner Freizeit Pornomessen und steht nicht dazu. Ich konnte mir lebhaft vorstellen, was ihm durch den Kopf geschossen war, als er mich in der Eishalle erblickt hatte: »Ist das nicht der Kübler? Hat er mich gesehen? Der ist doch krankgeschrieben. Und besucht die Erotikmesse? Dass der sich nicht schämt. Was, wenn er im Geschäft rumerzählt, dass mich jemand hier gesehen hat? Wird er nicht. Oder doch?« Und so weiter. Das Gedankenprotokoll eines Neurotikers.

Ich nahm mein Blatt mit den Herzenssätzen und zog nach »Ich liebe Sie, Marie« einen dicken Strich. Darunter schrieb ich »Koller, du Sau!« und »Du armseliger Armleuchter namens Koller«. Die Beleidigungen schrie ich nun im Wechsel mit dem Liebesgeflüster. Es tat mir gut. Zudem erweiterte ich damit die Ausdrucksmöglichkeiten meiner Stimme, redete ich mir ein. Und ich pflegte meine Feindschaft zu Koller. Dies war ja wohl auch sein Ziel gewesen, als er mich angerufen hatte.

TAG 11

Bleiben Sie angriffig, aber schlüpfen Sie in eine Rolle. In Anton Tschechows Einakter *Der Bär* lässt sich Grigori Stepanowitsch Smirnow über die Natur der Frauen aus. Üben Sie diesen Monolog oder – wenn Ihnen das Thema nicht liegt – einen beliebigen anderen aus der dramatischen Literatur.

SMIRNOW […] Meine Gnädigste, ich habe in meinem Leben viel mehr Frauen gesehen als Sie Sperlinge! Dreimal habe ich mich der Frauen wegen duelliert, zwölf Frauen habe ich sitzen lassen, neun haben mich sitzen lassen! Jawohl! Es gab eine Zeit, wo ich den Narren spielte, Honigworte lispelte, Kratzfüße, Komplimente machte… Ich liebte, litt, seufzte den Mond an, zerfloss in Liebesqualen. Ich liebte leidenschaftlich, ich liebte bis zur Raserei, in allen Tonarten, ich schnatterte wie eine Elster über die Emanzipation, vergeudete infolge dieser zarten Gefühle das halbe Vermögen, aber jetzt, hol' mich der Teufel, ist es genug! Gehorsamster Diener, jetzt lasse ich mich nicht mehr von Euch an der Nase herumführen. Genug! »Schwarze Augen, leidenschaftliche Augen, Korallenlippen, Grübchen in den Wangen, Mondenschein, Flüstern, leises, schüchternes Atmen« – für das alles, meine Gnädige, gebe ich heute auch nicht einen Kupfergroschen! Ich spreche nicht von den Anwesenden, aber alle Frauen, von der kleinsten bis zur größten, sind aufgeblasen, heuchlerisch, klatschsüchtig, gehässig, verlogen vom Wirbel bis zur Zehe; eitel, kleinlich, grausam, von einer empörenden Logik und was das *(er schlägt sich auf die Stirn)* betrifft, so, verzeihen Sie mir die Aufrichtigkeit, kann ein Sperling einem x-beliebigen Philosophen im Unterrock zehn vorgeben! Sieht man ein solch poetisches Geschöpf vor sich, so glaubt man, ein ätherisches, göttliches Wesen zu erblicken, so wunderschön, ein Hauch und man zerfließt in tausend Entzückungen und Wonnen – sieht man aber in die Seele – so ist es ein gewöhnliches Krokodil! *(Er greift eine Stuhllehne, der Stuhl kracht und bricht entzwei.)* Das Empörendste ist aber, dass dieses Krokodil sich einbildet, es sei ein Chef-d'œuvre, die zarten Gefühle seien sein alleiniges Monopol. Der Teufel hol's, hängen Sie mich da an diesem Nagel mit den Füßen nach oben auf, wenn die Frau außer ihrem Seidenpinsch jemand lieben kann. Wenn sie liebt, versteht sie bloß, zu jammern oder Tränen zu vergießen. Wo der Mann leidet und Opfer bringt, dort äußert sich ihre ganze Liebe darin, dass sie mit der Schleppe hin und her dreht und den Mann an der Nase herumführen will. Sie haben das Unglück, eine Frau zu sein, Sie werden daher die Frauennatur kennen, sagen Sie mir auf Ehr' und Gewissen: Haben Sie in Ihrem Leben schon eine Frau gesehen, die aufrichtig, treu und beständig gewesen wäre? Sie haben sie nicht gesehen! Treu und beständig sind einzig und allein die Alten und die Missgestalteten. Sie werden eher einer gehörnten Katze oder einer weißen Waldschnepfe begegnen als einer treuen Frau!

Drama

»Heute gehen wir einen Schritt weiter, Konstantin«, sagte Marie nach der Aufwärmphase. Genau das habe ich vor, dachte ich und nahm Maries Satz wenn nicht als Gedankenübertragung, so doch als Bestärkung in meinem Vorhaben. Ich war bereit. Meine Übungen hatte ich gemacht, die Sätze saßen, und meine Recherche zu etwaigen Lebenspartnerinnen oder -partnern Maries war erfolglos gleich Erfolg versprechend gewesen. Kein anderer Name war unter Maries Adresse oder Telefonnummer eingetragen und das Klingelschild führte lediglich sie als Bewohnerin des kleinen Reihenhauses auf, in dem sowohl ihre privaten Räume als auch ihre Praxis untergebracht waren.

Ich hatte mir während der Atem- und Stimmübungen auf der Matte schon ausgemalt, wie mich Marie einmal, irgendwann, es musste nicht heute sein, nebenan in die Wohnung zu einem Kaffee einladen würde. Und jetzt, während wir auf unseren grünen Gymnastikbällen auf und ab wippten, kündigte sie an, heute einen Schritt weitergehen zu wollen. Das war ein Zeichen. Ich blickte sie erwartungsvoll an.

»Wir wagen uns heute an Texte aus der Literatur und versuchen diesen eine passende Stimme zu geben. Sind Sie ein Leser?«, fragte sie.

»Ich habe Literatur studiert, Madame«, antwortete ich, bereits getragen von einem unbestimmten Glücksgefühl, da unser Gespräch so schnell persönliche Züge annahm.

»Pardon, Monsieur. Studiert haben und ein Leser sein ist gleichwohl nicht dasselbe.«

Diese Spitzfindigkeiten bringen uns nicht weiter, Marie, sagte ich zu mir und zu ihr dann, mit einer Geläufigkeit, als hätte ich diese Frage schon hundert Frauen gestellt:

»Marie, was lesen Sie, wenn es regnet?«

Jede andere hätte mit Erstaunen oder Irritation auf meine unvermittelte Frage reagiert, doch Marie antwortete mit der Souveränität einer Dame, die keine Frage überrascht: »Kleist.«

Ein zweites Zeichen. Ich liebe Kleist. Besonders bei Regen.

»Der Syntax wegen?«, fragte ich.

»Des Regens wegen«, sagte sie.

Konnte man das, was wir taten, als Flirt bezeichnen? Ich hielt es für dumm, es nicht zu tun. Zu wissen, was jemand bei Regen las, war zu vergleichen mit dem Wissen um die Stellen, an denen jemand berührt werden wollte. Bis zur Berührung selbst waren es da nur noch wenige Schritte. Ich machte einen kleinen: »Marie, würden Sie vielleicht einmal mit mir essen gehen?«

Diesmal folgte die Antwort nicht ganz so schnell, aber mit der gleichen Selbstverständlichkeit: »Konstantin, was lesen Sie, wenn Sie keine Antworten erwarten?«

»Tschechow«, sagte ich, ohne viel zu überlegen.

»Dann habe ich ja einen passenden Text für heute dabei«, sagte sie und griff aus dem Stapel Kopien, der auf dem kleinen Tischchen neben unseren zwei Bällen lag, eine Seite aus Tschechows *Der Bär* heraus. Ich überflog den Auszug.

»Ich nehme an, Sie kennen die Stelle?«, forderte mich mein Stimmcoach heraus.

»Selbstverständlich.«

Marie hatte aus Tschechows Einakter den Monolog herauskopiert, in dem der Gutsbesitzer Smirnow der Witwe Popowa gegenüber das Geschlecht der Frauen verdammt. Er nennt sie Krokodile, die sich einbilden, sie hätten ein Monopol auf die zarten Gefühle. Nach dieser Schmährede kommt es, nicht verwunderlich, zum Streit, die Popowa schimpft Smirnow einen Bären, holt Pistolen, um die Sache in einem Duell endgültig zu klären, und kann gerade noch »Ich hasse Sie« schreien, bevor sie sich in den Armen Smirnows wiederfindet und ihn küsst.

Schade, ist das mit dem Kuss nicht auf der Kopie, dachte ich, als ich schon Maries Aufforderung hörte: »Dann schießen Sie los mit Ihrer Frauenbeschimpfung!«

Ich glaube, für einen Schauspielanfänger machte ich meine Sache nicht schlecht. Ich sprach den Monolog vier Mal. Der erste Versuch war Marie »viel zu verhalten«, den zweiten quittierte sie mit: »Glauben Sie, Smirnow will den Frauenversteher geben?« Glaubte ich nicht. Ich forcierte und Marie ermutigte mich mit Einwürfen wie »gut«, »genau« oder »das ist es«. Beim vierten Mal schmetterte ich ihr den letzten Satz regelrecht entgegen: »Sie werden eher einer gehörnten Katze oder einer weißen Waldschnepfe begegnen als einer treuen Frau!«

Marie blickte mich schmunzelnd an, kam auf mich zu, blieb zwei Schritte vor mir stehen und sagte dann: »Das war gut, Konstantin. Wirklich gut. Bereiten Sie auf nächste Woche doch einen Text Ihrer Wahl vor. Ich lasse mich überraschen. Auf Wiedersehen.«

Machen Sie einen Waldspaziergang. Gehen Sie gemächlich und genießen Sie das Gefühl, die Lungen mit guter Waldluft zu füllen. Beginnen Sie im Zustand möglichst großer Entspannung ganz ungezwungen zu sprechen. Wichtig ist nicht, was Sie sagen, sondern dass Sie völlig mühelos, hemmungslos und ohne größeren Unterbruch sprechen. Das Sprechen geschieht auf einmal wie von selbst.

Wie klingt Ihre Stimme nach zweistündiger Beanspruchung? Frisch und geschmeidig? Wäre es nicht schön, dieses Gefühl des unangestrengten Sprechens in den Alltag hinüberzunehmen? Sammeln Sie hier Ideen, wie dies gelingen könnte:

Fragen

Marie erwidert meine Gefühle! Dessen war ich mir gestern Abend ganz sicher. Die Blicke, die sie mir zugeworfen hatte, Kleist, Tschechow, das buchstäbliche Knistern während meines Vortrags, der kokette Gang, als sie am Schluss auf mich zukam – ich verspürte auf dem Nachhauseweg reine Euphorie.

Mit der Nacht kamen die Fragen. Warum durfte ich, wie Marie andeutete, keine Antworten erwarten? Nur gestern nicht oder überhaupt nicht? Weshalb hatte sie ausgerechnet eine Textstelle gewählt, in der sich ein Mann in lächerlicher Weise als Frauenhasser aufspielt? War das ein Standardtext für Schauspielschüler? Ein Witz? Wollte sie mich mit dem Bären aufziehen, weil ich mich vor einer Woche als brüllenden Löwen präsentiert hatte? Und: Was erwartete sie nächste Woche mit dem »Text Ihrer Wahl« von mir?

Heute Morgen versuchte ich auf einem Waldspaziergang die Nachtgedanken zu verdrängen und das schöne Gefühl von gestern zu reproduzieren. Es funktionierte nicht. Mein mesolimbisches System oder was auch immer für die Einbildung von Glück verantwortlich ist, machte nicht mit. Mein Gehirn konnte sich lediglich zu diesem Kompromiss durchringen: Marie war nicht uninteressiert und wartete auf ein klares Zeichen von mir. Ein literarisches.

Ich stand unter Druck. Gefragt war der perfekte Text für die Rolle des Werbers. Den musste ich üben, bis ich so weit war, Marie mit meiner Stimme und meinem ganzen Körper zu erobern und sie am Schluss wie Smirnow die Popowa in den Armen zu halten. Am besten, ohne dass sie vorher die Pistolen holte.

Doch was für ein Text? Zum Namen Marie fiel mir spontan nur Büchners *Woyzeck* ein. Ich bezweifelte, dass ich in der Rolle des irren Soldaten oder geilen Tambourmajors Marie für mich gewinnen konnte. Abgesehen davon, dass Woyzecks Marie am Ende von ihm erstochen wird, was definitiv unpassend war. Ich ging vor meinen Bücherregalen auf und ab. Studierte Namen und Titel, zog Stücke in Erwägung, verwarf sie wieder. Nach zwei Stunden kam ich zum Schluss: Den Text für meine Marie gab es nicht. Noch nicht. Wollte heißen: Ich musste ihn selber schreiben. So schwierig konnte das nicht sein.

Dass ich an diesem Tag trotz der vermeintlichen Einfachheit der Aufgabe keine einzige Zeile für Marie zu Papier brachte, lag daran, dass Koller uneingeladen den Zugang zu meinem Bewusstsein fand. Statt zu schreiben, dachte ich über mein Verhältnis zu meinem Intimfeind nach. Mitunter wurde ich leicht paranoid und stellte mir vor, dass Koller in seinem Schreibtisch mehrere fixfertige Manuskripte hatte und damit mir gegenüber im Vorteil wäre, sollte er sich entscheiden, auch um Marie zu werben. Selbstkritisch kam mir irgendwann auch der Verdacht, dass Koller vielleicht gar kein so schlechter Mensch als vielmehr eine relativ zufällig gewählte Projektionsfigur meiner negativen Gefühle war. Und bevor ich mich schlafen legte, fragte ich mich sogar einen Moment, ob vielleicht Marie ein ebenso zufälliges Objekt meiner Liebe war.

TAG 13

Gönnen Sie sich einen Tag Pause und versuchen Sie
heute möglichst wenig an Ihre Stimme zu denken. Sie
haben die Erholung verdient. Oder: Warum nicht
einmal einen ganzen Tag aufs Sprechen verzichten?

Sonntag

In der Nacht, als ich meinen 30. Geburtstag feierte, brannte meine Wohnung völlig aus. Ursache für das Feuer war nicht meine Feier. Ich verbrachte diesen Abend außer Haus und verpasste – wie häufig in meinem Leben – das Wesentliche eines Ereignisses.

Als ich frühmorgens nach Hause kam, war der Zugang zum Haus abgeriegelt, der Brand fast unter Kontrolle. In der Straße hatten sich das ganze Quartier und auswärtige Schaulustige versammelt. Eine Mischung aus Scheinwerfer- und Flammenlicht beleuchtete die Szenerie, die mir unwirklich erschien. Alle nahmen Anteil am Schicksal der Bewohner, nur ich verfolgte das Treiben, als würde es mich nichts angehen. Ich sah meine Nachbarn bei den Feuerwehrmännern stehen und spürte nicht das geringste Bedürfnis, mich dazuzugesellen. Auch als ich endlich realisierte, dass was ich sah, wirklich geschah, rührte ich mich nicht. Die drei Zimmer, aus denen die Flammen schossen, waren meine Wohnung, nicht mein Zuhause, sagte ich mir.

Wie Abklärungen der Polizei ergaben, war das Heizkissen der Mieterin unter mir für den Brand verantwortlich gewesen. Alle Bewohner hatten zum

Glück rechtzeitig geborgen werden können, aber die Einrichtung der vier Wohnungen war praktisch vollständig zerstört worden. Der Sachschaden war beträchtlich.

An Tagen wie heute wird mir bewusst, dass vor neun Jahren mehr verloren ging als Taschenbücher oder mein noch studentisch geprägter Hausrat. Mir fehlen Erinnerungs- und Fundstücke, über die man stolpern könnte, wenn man aufräumt oder gelangweilt den Blick vom Sofa aus schweifen lässt. Oder nach Inspirationsquellen sucht.

Ich kann an Sonntagen kein Fotoalbum zur Hand nehmen, nicht in den verstaubten Winkeln der Computerfestplatte stöbern oder nach langer Zeit wieder einmal die gesammelten Briefe einer Jugendliebe lesen. Mir bleiben nur meine Erinnerungen. Und die scheinen mir im Moment nicht besonders ergiebig zu sein. Genauso wenig wie meine Phantasie.

Führen Sie unangenehme Telefongespräche, die Sie lange aufgeschoben haben. Sie werden merken, dass die ausschließliche Kommunikation über den Kanal Stimme zu einer Ihrer Stärken geworden ist – sei es im Verkaufsgespräch, in Beratungen oder privaten Angelegenheiten. Sind Sie mit Ihrer Telefonstimme noch nicht zufrieden? Rollenspiele, in denen Sie einem Partner mit verbundenen Augen begegnen, eignen sich hervorragend zum Üben der Telefonsituation.

Überlegen Sie sich hier außerdem, welche Formen der mündlichen Kommunikation Ihnen liegen und welche weniger. Setzen Sie sich entsprechend individuelle Ziele.

Rede, Vortrag, Präsentation	☺	☺	☹
Gespräch zu zweit	☺	☺	☹
Gespräch in Gruppe	☺	☺	☹
Videokonferenz	☺	☺	☹
...	☺	☺	☹

Born-out

Das Telefon klingelt. Konstantin hebt ab.

KONSTANIN Hallo?

MUTTER Konstantin, bist du das? Warum bist du nicht bei der Arbeit?

KONSTANIN Warum rufst du mich an, wenn du denkst, ich sei im Büro?

MUTTER Beantworte bitte meine Frage.

KONSTANTIN Ja, ich bin's, Mama.

MUTTER Das weiß ich doch.

KONSTANTIN Das hast du eben gefragt.

MUTTER Herrgott, kann man nicht einmal vernünftig mit dir reden? Bist du krank?

KONSTANTIN Ja.

MUTTER Was hast du denn?

KONSTANTIN Ich fühle mich nicht wohl. Der Arzt hat mich krankgeschrieben.

MUTTER Krankgeschrieben? Für wie lange?

KONSTANTIN Drei Wochen erst mal.

MUTTER Der Arzt schreibt dich doch nicht wegen Unwohlsein drei Wochen krank. Konstantin, sei offen zu deiner Mutter. Du hast doch nicht etwa auch so ein Born-out, von dem man …

KONSTANTIN *beiseite, während die Mutter weiterspricht* Ausgeburt, ausgebrannte, so ungefähr.

MUTTER … so viel hört? Ich hab erst kürzlich in dieser Manager-Doku – was hast du gesagt?

KONSTANTIN Nichts, Mama.

MUTTER Lüg mich nicht an, hab ich gesagt. Also, raus mit der Sprache. Hast du oder hast du nicht?

KONSTANTIN Was soll ich hassen?

MUTTER *laut* Haben! Hast du diese Manager-Krankheit?

KONSTANTIN Ja, die habe ich und hasse ich.

MUTTER *ruhiger* Ich wusste es. Konstantin, da musst du sofort professionelle Hilfe in Anspruch nehmen. Das ist nichts, wofür du dich schämen musst. Bei diesem Druck in der heutigen Arbeitswelt ist es kein Wunder, wenn man ausbrennt. Besonders die engagierten, zuverlässigen Leute sind gefährdet, heißt es. In dieser Doku …

KONSTATIN Mutter, ich bin in Behandlung und es geht mir schon besser. Ich bin sicher, dass ich die Arbeit bald wieder –

MUTTER Du solltest jedenfalls nichts überstürzen. Wenn sich die Strukturen am Arbeitsplatz nicht ändern, ist der Rückfall vorprogrammiert. Die beuten dich doch seit Jahren aus in dieser Versicherung.

KONSTANTIN Da hast du Recht.

MUTTER Siehst du? Sag das deinem Therapeuten. Der muss dich auf die Rückkehr in dieses Haifischbecken vorbereiten. Hörst du?

KONSTATIN Ja, ich werde es ihr sagen.

MUTTER Ihr?

KONSTATIN Ihm, meine ich.

MUTTER Das war ein Freudscher. Die Sie fehlt halt auch in deinem Leben. Sage ich ja schon lange.

KONSTANTIN Ich weiß. Mein Therapeut meinte, die schwierige Beziehung zur Mutter könnte der Grund für meine Bindungsangst sein.

MUTTER Darüber macht man keine Scherze.

KONSTANTIN Tut mir leid. *Pause* Du, ich muss jetzt …

MUTTER Du musst gar nichts. Du bist krank. Erholen musst du dich.

KONSTANTIN Das werde ich gleich versuchen.

TAG 15

Wie sieht Ihr Selbstkonzept aus? Bedienen Sie sich eines Bildes aus der Sportwelt: Sehen Sie sich als ein Gewichtheber, der dank Energieanfällen Herkules-aufgaben bewältigt? Als Marathonläufer, der seine Kräfte einteilt und ein Ziel beharrlich verfolgt? Oder als Eistänzer, der sich auch auf Glatteis sicher bewegt und Pirouetten dreht? Notieren Sie hier ein Bild, das für Sie passt:

Überlegen Sie sich jetzt, welche negativen und posi-tiven Auswirkungen Ihre »Sportart« auf die Stimme hat. Müssen Sie Ihr Selbstkonzept oder gar Ihre Le-bensweise anpassen, um Ihr ganzes Stimmpotenzial auszuschöpfen?

Haifischbecken

Dr. B. war sichtlich zufrieden mit dem Behandlungs-
verlauf, nachdem ich ihm mein frei erfundenes Stim-
mungstagebuch gezeigt hatte, in dem viele neutrale
und einige fröhliche Gesichter auftauchten. Die Wirkung des Antidepressivums habe offensichtlich eingesetzt, meinte er, nun gelte es, damit diese »Krü-
cke« dereinst nicht mehr nötig sei, an meinen Ver-
haltensweisen zu arbeiten. Wir würden deshalb heute einige Rollenspiele machen. Er sprach von »kogni-
tiver Verhaltenstherapie«.

Um ihm zu zeigen, dass ich vom Erfolg seiner Behandlung ebenso überzeugt war wie er, berichtete
ich von vermehrten sozialen Kontakten nach unserer
letzten Sitzung. Ich erwähnte keine unnötigen De-
tails (Erotikhostessen, Koller, meine Mutter), ließ ihn
aber wissen, dass ich eine Frau kennengelernt hatte,
die mich interessierte. Insgeheim hoffte ich, damit
das für heute angekündigte Thema Arbeitsplatz um-
schiffen zu können. Ich wollte keine Arbeitspsycho-
logie, ich brauchte – wenn schon – einen Doktor
Sommer.

»Schön. Es freut mich, dass Sie sich den Menschen
mehr zuwenden«, sagte Dr. B. »Und wie fühlen Sie

sich, wenn Sie daran denken, dass Sie nächste Woche Ihre Arbeit wieder aufnehmen?«

Er schaute mich über den Rand der Brille an, wie ein Krokodil, das die Wasseroberfläche nach Beute absucht. Ich machte keine hastigen Bewegungen, mimte den Nachdenkenden, schwieg und versuchte so, mich seinem Zugriff zu entziehen.

Dr. B. ließ mich nicht entwischen: »Sie sagten mir in unserer ersten Sitzung, dass Sie häufig Angst verspürten, nicht alle Aufgaben, die an Sie gestellt werden, erfüllen zu können. Ich habe dafür das Bild des Stabhochspringers verwendet, der befürchtet, die Stange zu reißen, während alle im Stadion erwarten, dass er die Höhe mühelos schafft. Sie erinnern sich? Wie nehmen Sie diese Situation jetzt wahr? Hat das Publikum immer noch diese hohen Erwartungen und wie hoch liegt die Stange überhaupt?«

Ich hatte keine Lust, mich in Dr. B.s Bild zu begeben. Also hörte ich auf meine Mutter und sagte: »Ich fühle mich nicht wie ein Stabhochspringer, sondern wie ein Turmspringer.«

»Interessant, inwiefern?«

»Ich stehe über dem Haifischbecken, in das ich springen soll, und alle um mich herum freuen sich, dabei zuzusehen, wie ich zuerst beim Sprung eine schlechte Figur mache und dann auch noch zerfleischt werde.«

Dr. B. lächelte. Waren Psychiater nicht dafür da, ihre Klienten ernst zu nehmen? Meiner sagte: »Das ist ein plakatives Bild, Herr Kübler, aber es dramatisiert Ihre Situation unnötig. Das wissen Sie so gut wie ich.«

Offensichtlich war Dr. B. die Leichtathletik näher. Vielleicht hätte ich besser sagen sollen, dass ich mich wie ein Speerwerfer fühle, der mit seinem Speer unmöglich alle Widersacher auf einmal ausschalten kann.

»Gehen wir aber einmal von Ihrem Bild aus«, setzte mein Möchtegern-Sokrates unser Therapiegespräch unbeirrt fort. »Was würden Sie dann brauchen, um mit dieser Situation umgehen zu können? Um furchtlos ins Haifischbecken zu springen, sozusagen?«

Eine Harpune, dachte ich, sagte aber, um Dr. B. nicht unnötig zu reizen: »Einen magischen Schutzanzug, der mich unverletzbar macht.«

»Vielleicht reicht auch schon ein gesundes Grundvertrauen in Ihre Arbeit und Ihre Persönlichkeit. Sie wissen sicher, dass Haie sehr selten Menschen angreifen – sofern sie diese als Menschen erkennen und nicht mit Beutetieren verwechseln. Was Sie bei den ›Haien‹« – er zeichnete in der Luft Anführungszeichen – »also brauchen, ist ein klares Selbstkonzept, Herr Kübler.«

Dieser Dr. B. war ein Tausendsassa, schlug mich sogar in meinem eigenen Bild. Da war nichts zu machen. Ich würde ihn nicht dazu bringen, mich mit der Arbeitswelt in Ruhe zu lassen, geschweige denn, mir einige seiner persönlichen Liebestipps zu geben.

Rollenspiele also wieder. Ich sollte mir vorstellen: Ich werde zum Chef gerufen, weil in der Abteilung, in der ich arbeite, ein Fehler passiert ist. Dr. B. wollte den Oberhaifisch mimen. Doch diesmal hatte er mich unterschätzt. Seit meinen kümmerlichen Löwengebrüll-Versuchen hatte ich fast zwei Wochen Training hinter mir. Ich war nicht mehr der Ich-spreche-leise-und-monoton-Kübler. Ich hatte meine Stimme gefunden. Hier hast du dein klares Selbstkonzept, B.:

»Es ist mir sehr unangenehm, diese Sache anzusprechen«, begann ich meine therapeutische Verteidigungsrede, »aber ich möchte Sie wissen lassen, dass in unserer Abteilung ein gewisses Denunziantentum floriert und dass – falls sich Ihre Informationen lediglich auf *eine* Quelle stützen – es wohl in unser beider Interesse wäre, wenn wir die Faktenlage hinsichtlich dieses Vorfalls gemeinsam rekonstruieren würden.«

Ich formulierte einige weitere solche Monstersätze und fühlte mich dabei stark und sicher. Ich sprach flüssig und deutlich, bis ich mir selbst fremd vorkam und ins Stocken geriet. Dr. B. hatte auch genug: »Das reicht, danke. Das war eine interessante, mutige Vorstellung. Aber das waren nicht Sie, Herr Kübler.«

Das Einzige, was ich dem entgegnen konnte, war: »Sie sind auch kein Haifisch, Dr. B.«

Gute Sprecher verstehen sich auch aufs Zuhören.
Hüten Sie sich davor, aus lauter Freude an Ihren
Stimmqualitäten dominant aufzutreten. Nehmen Sie
sich in Gesprächen bewusst zurück. Die Wirkung Ihrer
Stimme wird umso größer sein.

Aktives Zuhören heißt nicht zwingend schweigen.
Versuchen Sie, durch Ihr Verhalten als Zuhörer – das
so genannte »back channel behaviour« – gesprächs-
unterstützend zu wirken. Setzen Sie Rückmeldungs-
partikeln wie »mhm«, »genau«, »ja« bewusst ein,
achten Sie auf eine offene Körperhaltung, fragen Sie
nach etc.

Aktives Zuhören

Dr. B. schien mir gestern am Ende der Sitzung weniger hoffnungsvoll als zu Beginn. Er meinte, es sei noch ein »Stück Weg« bis zu meiner vollständigen Genesung, wir müssten die Therapie sicher fortsetzen. Trotzdem solle ich versuchen, nächsten Montag wieder arbeiten zu gehen. Wir sähen uns ja dann am Dienstag. Beide Termine waren mir im Moment ziemlich gleichgültig. Was zählte, war das Übermorgen.

Die Zeit drängte. Ich hatte noch immer keinen Satz für Marie zu Papier gebracht und mich in den letzten Tagen auch kaum um meine Stimme gekümmert. Ich glaubte mehrmals, der ultimativen Idee ganz nah zu sein, vermochte sie aber in meinem Gedankenwirrwarr nicht freizulegen. Ich kam mir vor wie einer, der einen Kabelsalat zu entwirren versucht und ständig am falschen Kabel zieht.

In solchen Momenten kann ein Fingerzeig von außen Wunder wirken. Nur: Dr. B. war mir gestern keine Hilfe gewesen. Und mein Bruder Christian, den ich heute Nachmittag im Café Vega traf, versuchte nicht einmal eine zu sein. Dabei hatte er am Telefon heute Morgen gesagt: »Mama meinte, es würde dir guttun, mich zu sehen.« Meine Mutter macht öfter den Fehler, von sich auf andere zu schließen. Vielleicht versteht sie sich deshalb mit meinem Bruder so blendend.

Schon als ich zusagte, ihn zu treffen, wusste ich, wie Christians Konzept von anderen Gutes tun in der Regel funktioniert: Fragen, was das Problem ist, unterbrechen und ungefragt ein paar Ratschläge geben (»ein Freund von mir/mein Friseur/der Typ im Fernsehen hat das probiert, hat ihm sehr geholfen«), das unangenehme Thema möglichst schnell wechseln (»Apropos Fernsehen, gestern habe ich«), von dem reden, was *ihn* interessiert (Fußball, Formel 1 und Boxen), bald einmal auf die Uhr schauen und erklären, weshalb er jetzt leider weiter muss, obwohl er natürlich viel lieber et cetera et cetera.

Im konkreten Fall unterbrach mich Christian, nachdem ich »depressive Verstimmung« gesagt hatte. Den bevorstehenden Showdown mit Marie konnte ich schon nicht mehr erwähnen, wobei ich mir auch nicht sicher war, ob ich das überhaupt wollte. Christians Pflicht rief, als ich meinen Kaffee zur Hälfte leer getrunken hatte. »Mensch Konstantin, das wird schon!«, meinte er aufmunternd, dann war er weg.

Während ich meinen Kaffee austrank, ärgerte ich

mich zuerst darüber, meinen Bruder überhaupt getroffen zu haben. Dann kam wieder dieses eigenarti-
ge Gefühl in mir hoch, die Lösung meines Problems
soeben ganz dicht vor mir gehabt zu haben. Was
mein Bruder mir gesagt hatte, schien mir auf irgend-
eine Weise bedeutsam zu sein für Freitag. Doch was
und wie genau? Es konnte nicht die Analyse des ver-
patzten Saisonstarts von Christians Lieblingsmann-
schaft gewesen sein. Seine begeisterten Bemerkungen
über die Rede des amerikanischen Präsidentschafts-
kandidaten in Berlin? Ich ging noch einmal sämtliche
Belanglosigkeiten durch, die mein Bruder von sich
gegeben hatte. Sogar den Rat, die Depression wie
sein Bekannter Lars doch einmal mit Solariumsbesu-
chen anzugehen. Irgendwie war mir Ende Juli nicht
danach.

Stellen Sie sich vor, Sie müssten morgen eine Rede halten, von deren Erfolg Ihre persönliche oder berufliche Zukunft abhängt. Das kann sein: Heiratsantrag, Bewerbung in einer Castingshow, Plädoyer vor Gericht etc. Wählen Sie eine Situation, die zu Ihnen passt, schreiben Sie diese fiktive Rede und bereiten Sie sie vor. Morgen ist der Tag der Entscheidung! Keine Sorge: Sie sind bereit für den Härtetest.

Dem Himmel nah

Am Donnerstag- und Sonntagmorgen fühle ich mich dem Himmel jeweils ganz nah. Ich werde geweckt von engelsgleichem Chorgesang, von glücklichen Stimmen, die direkt neben meinem Schlafzimmer einen freikirchlichen Gottesdienst begleiten. Um halb sieben. Eine Zeit, zu der man für gewöhnlich keine Wohnungsbesichtigung vornimmt, um vor Unterzeichnung des Mietvertrages nach möglichen Lärmquellen zu sondieren. So lernte ich meine lautstarken Nachbarn erst nach meinem Einzug kennen und nerve mich seither zweimal die Woche über dieses lebensbejahende Jauchzen. Heute versuchte ich mich daran zu erfreuen und es als gutes Omen für morgen zu nehmen.

Eine positive Deutung fiel mir schwerer, als mein Nachbar Schaller kurz nach acht vor meiner Türe stand. Schaller ist kein einfacher Nachbar. Im doppelten Sinne. Als Nachbar nicht einfach und nicht einfach Nachbar, sondern auch Hauswart. Diese Funktion nimmt er ausgesprochen ernst. Das zeigt sich beispielsweise in den detaillierten Anleitungen, die er zum korrekten Gebrauch von Waschmaschine und Wäschetrockner angefertigt hat. Darin stehen Sätze wie: »Es versteht sich von selbst, dass wir zu den teuren Geräten alle so Sorge tragen, als wären es unsere eigenen.« Oder: »Jeder verlässt die gemeinschaftliche Waschküche so, wie er sie selber anzutreffen wünscht.« Dass diesbezüglich nicht alle dieselben Wünsche haben wie er, ist ihm wohl entgangen.

Schaller redete nicht lange um den heißen Brei herum: »Ich habe heute Waschtag und musste soeben feststellen, dass das Flusensieb des Trockners nicht gereinigt war. Laut Waschplan waren Sie der letzte Benutzer. Ich möchte Ihnen keinen Vorwurf machen, würde Ihnen aber gerne zeigen, wie man den Trockner korrekt reinigt. Können Sie vielleicht gleich mit nach unten kommen?«

Auf die Schnelle fand ich keinen einleuchtenden Grund, sein nettes Angebot der freundnachbarschaftlichen Hilfe abzulehnen. Wir stiegen also in die Waschküche hinab, in der schon zu dieser Zeit eine unangenehme feuchte Wärme herrschte. Schaller ging deren ungeachtet mit Hingabe ans Werk und zeigte mir, wie das Flusensieb mit einer liebevollen Streichbewegung von Fusseln zu befreien ist, wie anschließend mit einem feuchten Tuch die Dichtungsringe abgewischt werden sollen und als Abschluss der Kondensator herausgenommen und der dadurch freigelegte Hohlraum gereinigt werden muss. »Das ist eine etwas mühsame Klauberei, aber der nächste Benutzer wird es Ihnen danken«, sagte Schaller mit leuchtenden Augen.

Es schien mir höchst unwahrscheinlich, dass ich für diese Prozedur je ein Dankeschön erhalten würde. Das hatte weniger mit meinen undankbaren Nachbarn zu tun als mit der Gewissheit, dass ich mich in Zukunft allerhöchstens zum zarten Streicheln des Flusensiebs hinreißen lassen würde.

»Jetzt kann sich in der frisch gewaschenen Wäsche keine Fussel mehr verirren«, schloss Schaller seine Demonstration ab.

Ich hätte dem Dauerredner Schaller wie schon gestern Christian sein Verhalten übel nehmen und seine naive Freude mit einer sarkastischen Bemerkung (»Sonst müsste man ja noch einen Fusselroller erfinden«) torpedieren können. Stattdessen bedankte ich mich demütig für seine Bemühungen und verabschiedete mich. Fast hätte ich ihm sogar einen Kuss auf die Stirne gedrückt, so dankbar war ich ihm. Denn in dem Moment, als er beim Hineinstoßen des Kondensators »So« sagte und sich wieder zu mir umdrehte, konnte ich in seinem glänzenden Glatzkopf die Glühbirne erkennen, auf deren Licht ich lange gewartet hatte. Ich ging nach oben und setzte mich an den Schreibtisch.

Setzen Sie sich aus. Laden Sie ein zu der von Ihnen gewählten Situation passendes Publikum ein und halten Sie Ihre Rede. Konzentrieren Sie sich ganz auf das Gelernte. Leiden Sie unter Lampenfieber? Ihre Atmung und Ihre Stimme sind ein sicherer Boden, den Ihnen niemand unter den Füßen wegziehen kann. Vertrauen Sie auf diese Kraft und nehmen Sie den Rest mit Humor. So ist auch das Zitat von Mark Twain (1835–1910) gemeint: »Das menschliche Gehirn ist eine großartige Sache. Es funktioniert bis zu dem Zeitpunkt, wo du aufstehst, um eine Rede zu halten.«

Notieren Sie hier die Reaktionen Ihrer Zuhörer:

Entscheidung

Es war ein Festtag. Der 1. August, Nationalfeiertag. In der Stadt waren allenthalben die Fahnen gehisst, Kinder gingen in rot-weißen T-Shirts Feuerwerk kaufen, und sogar die Weggen in der Bäckerei waren mit Schweizerkreuzen dekoriert. Abgesehen von Bäckern und Feuerwerksverkäufern arbeitete heute kaum jemand, und während ich mit – wie mir vorkam – selbstbewusstem Gang dem Seeufer entlang flanierte, überlegte ich mir Folgendes: Marie könnte jetzt auch letzte Festvorbereitungen treffen, Lampions aufhängen, den Garten herausputzen, der 1.-August-Rede des Bundespräsidenten lauschen – doch sie verzichtete auf all dies. Sie zog es vor, mich am Schweizer Nationalfeiertag zum Stimmtraining zu treffen. Ich durfte mich geschmeichelt fühlen.

Vor Maries Haustüre warteten schon die Zweifel. Was, wenn sie letzte Woche schlicht nicht daran gedacht hatte, dass heute Feiertag war, und jetzt übel gelaunt öffnete, weil sie damit gerechnet hatte, dass ich, ihr Versehen erahnend, erst nächste Woche aufkreuzen würde? Ich zitterte ein wenig, als ich die Klingel drückte. Doch in dem Moment, als die Türe nach innen aufschwang und ich in Maries freundliche Augen mit den einladend hochgezogenen Augenbrauen sah, fühlte ich mich sicher.

»Schön, dass Sie gekommen sind«, sagte sie.

»Schön, dass Sie da sind«, antwortete ich. Was für eine Eröffnung!

Marie führte mich in den Trainingsraum, den ich beim Vorbereiten des heutigen Treffens in meinen Gedanken als »Kabinett« bezeichnet hatte. Die grünen Bälle waren heute nicht da, wir standen uns in einem fast völlig leeren Raum gegenüber. Alles kam mir unglaublich symbolisch vor.

»Und? Haben Sie etwas vorbereitet?«, fragte Marie mit einer Spur von Lehrerinnenunterton.

»Ich habe nichts anderes getan«, antwortete ich, der brave Schüler, und schaute Marie so tief ich konnte in die Augen. Diese reagierten auf meinen Blick mit einem Ausweichmanöver zur Seite und sprangen dann in die Mitte zurück. Die Aufforderung »Dann bitte« sprach Marie mit dem Anschein von leichter Verlegenheit.

Ich nahm meinen Blick nicht von ihrem Gesicht und schwieg. Eine Sekunde, zwei Sekunden, drei Sekunden, vier Sekunden. Was mein Bruder nicht konnte, was Schaller nicht vermochte, was Koller nie in den Sinn kam, schaffte ich. Ich sagte nichts. Und spürte, wie vielsagend jede Sekunde war.

»Konstantin, möchten Sie nicht beginnen?«, durchbrach Marie die Stille.

»Ich habe schon lange begonnen«, sagte ich.

»Verzeihen Sie, ich dachte … Sie haben nichts gesagt.« Maries Stimme hatte nicht mehr diese Sicherheit, die ich von ihr gewohnt war. Überraschend daran: Sie gefiel mir so noch fast besser. Ich machte einen Schritt auf sie zu, zuckte mit den Schultern und sprach dann die paar Worte, die ich gestern aufgeschrieben und ungefähr hundertmal aufgesagt hatte: »Marie, was soll ich sagen? Ich schweige lieber – um den Menschen zu hören, den ich am liebsten höre. Dich.«

Wieder verstrichen einige Sekunden. Meine Liebeserklärung an Maries Stimme, an Marie, die reine Stimme war, hallte nach. Ich war beglückt vom Gefühl, keine Ahnung zu haben, wie es weitergehen würde. In diesem Moment, mit diesem Gefühl der Ahnungslosigkeit, hätte ich aus dem Zimmer gehen können. Es wäre das Beste gewesen. Maries Reaktion auf mein Geständnis war kurz, aber nicht schmerzlos: »Konstantin, du hast bei mir deine Stimme gefunden. Die

Liebe findest du hier nicht.« Jetzt wäre ich froh um einen Gymnastikball gewesen, damit ich mich hätte setzen können.

»Warum nicht?«, war das Einzige, was ich auf diese Abfuhr entgegnen konnte.

Marie sah mich mit einem mitleidigen Lächeln an und sagte: »Ich dachte, ich hätte es das letzte Mal klargemacht: Ich ertrage Männer nur im Spiel. Ich glaubte, dir gehe es mit Frauen genauso.«

Marie, eine Männerhasserin? Das kam mir ironisch vor, wobei ich die Ironie in diesem Moment wenig schätzen konnte. Ich schickte mich an zu gehen und nahm mir dabei vor, mich keinesfalls kurz vor der Tür umzudrehen und noch etwas zu sagen, weil es sich so gehörte. Doch als ich im Türrahmen stand, spürte ich die normative Kraft von Liebesfilmen und sagte:

»Eines möchte ich noch wissen.«

»Hm?« Ich benötigte eine kurze Denkpause, um mir zu überlegen, was ich wissen wollte: »Bist du manchmal mit dem letzten Zug unterwegs?«

»Ist das metaphorisch gemeint?«

»Auch.«

»Ja und nein. Siehst du, Konstantin, das mit uns wäre einfach zu kompliziert.«

Nach dem gestrigen Parforceakt haben Sie heute die Carte blanche. Gönnen Sie sich einen Übungstag ganz nach Ihrem Geschmack.

Carte blanche

Ich blickte aus dem Fenster. In der Wohnung gegenüber war noch Licht. Hinter den halb heruntergelas-
senen Jalousien erkannte ich die Silhouette der jungen Musikerin, die oft bis tief in die Nacht am Kla-
vier saß und, wie ich annahm, komponierte. Heute
spielte sie nicht. Sie telefonierte – und weinte. Heftig.
Immer wieder legte sie die Hand auf die Augen,
wurde geschüttelt von Krämpfen, schleuderte den
Kopf nach vorne und wieder ruckartig nach hinten.

Jemandem ging es in dieser Nacht noch schlechter
als mir. Und mir damit ein bisschen besser. Bis meine Leidensgenossin, den Telefonhörer immer noch
am Ohr, die Jalousien hochzog und das Fenster öffnete, um nach Luft zu schnappen. Da sah ich ihr
Gesicht. Das eindeutig lachende Gesicht einer gluck-
senden glücklichen Frau.

Das gab mir den Rest. Ich nahm meine Einkaufs-
tüten aus dem Kühlschrank und stieg die fünf Trep-
pen zur Dachterrasse hoch. Um meinen Lachs zu gril-
len, wie ich ursprünglich vorgehabt hatte, war es morgens um zwei vielleicht etwas spät, um das eingekauf-
te Bier zu trinken, sicher nicht. Wie es sich für so eine
Situation gehörte, begann ich mich zu betrinken. Wäh-

rend die meisten ihre 1.-August-Feiern längst beendet hatten, saß ich auf einem Plastikstuhl unter dem vom Feuerwerksschwefel getrübten Nachthimmel und stürzte eine Bierdose nach der anderen. Um mich herum stiegen nur noch ein paar Spätzünder pfeifend in die Höhe.

Es ekelte mich. Vor dem klebrigen Stuhl, vor dem Bier, vor dem stinkenden Fisch, vor dem verschmutzten Nachthimmel, vor mir selbst. Ich hätte mich oder den Stuhl vom Dach werfen mögen, doch das war mir zu anstrengend. So griff ich nach dem Lachs auf dem Tisch und schleuderte ihn in hohem Bogen davon. Es gelang mir, schnell genug zum Geländer zu schwanken, um zu sehen, wie er auf der Straße aufschlug. Danach ging ich zu Bett und verschlief den Samstag, so gut ich konnte.

TAG 20

Ziehen Sie Ihr persönliches Fazit am Ende dieses Kurses. Was haben Sie gelernt, wo sehen Sie weitere Entwicklungsmöglichkeiten? Haben Sie Ihre am ersten Tag formulierten und am siebten Tag überprüften Ziele erreicht? Falls nicht, weshalb?

Blasser Dunst

Ich lag auf meinem flauen Magen, und dieser lag auf dem Rasen des Strandbads. Unter meiner Haut vibrierten die Zellen. In meinem Nacken und auf dem Rücken verdunsteten die letzten Tropfen kühlen Seewassers in der warmen Abendsonne. Ein Gefühl, das in mir Jugenderinnerungen wachrief. Wenn ich als Fünfzehnjähriger so alleine im Strandbad lag und die Augen schloss, schwand der sonst alles beherrschende Liebeskummer und es eröffnete sich eine Welt, in der alles möglich war. Mädchen, sportlicher Erfolg, Geld. Jetzt eröffnete sich nichts. Abgesehen von der Aussicht, morgen die Arbeit bei der Versicherung wieder aufzunehmen.

Ging es mir besser als vor drei Wochen? Marie schien davon in dem Moment, in dem sie mich abservierte, überzeugt zu sein. Ich hätte zu meiner Stimme gefunden, meinte sie. Vor meinem Besuch bei Dr. B. hatte ich meine Stimme nicht einmal verloren gewusst. Dr. B. seinerseits zweifelte an meiner Echtheit und sah Fortschritte aufgrund eines Antidepressivums, das ich nie genommen hatte. Meine Mutter riet mir zu einem Treffen mit meinem Bruder, der mir zu einem Solariumsbesuch riet. Koller riet mir zum Verschweigen einer Begegnung mit ihm, deren ich mir nicht bewusst war. Schaller schließlich riet mir zum Reinigen des Flusensiebs und brachte mich auf die Idee zu schweigen.

Verwirrend, all diese Einschätzungen und Ratschläge. Wem war zu trauen, wer war ein Scharlatan? Hatte ich in den letzten Tagen zu viel oder zu wenig auf andere gehört? Vielleicht war ein Strandbad nicht der ideale Ort, um diese Fragen zu beantworten und nach einem dreiwöchigen Experiment Bilanz zu ziehen.

Was hatte ich mir überhaupt von diesem Versuch versprochen? Die Erkenntnis, dass ich ohne meine Arbeit ein glücklicher Mensch wäre? Die ließ weiter auf sich warten. Aus Lustlosigkeit hatte ich mich krankschreiben lassen, lustlos würde ich morgen ins Büro zurückkehren. Dazwischen fühlte ich mich mal deprimiert, mal euphorisiert, mal genervt und mal am Boden zerstört. Man könnte sich das Leben einfacher einrichten.

Eine Konstante hatte es in den letzten Wochen gleichwohl gegeben: meinen Widerwillen gegen Koller. Heute konnte ich mit gutem Gewissen sagen, dass ich jedes Recht hatte, ihn zu hassen. Denn eigentlich war Koller an meiner Misere schuld. Hätte mich die Stimme bei Dr. B. nicht an ihn erinnert, hätte ich in meiner Auszeit statt des Stimmsitzes vielleicht den Sinn des Lebens gefunden. Ganz sicher hätte ich gestern nicht den schlimmsten Korb meines Erwachsenendaseins bekommen.

Immerhin: Meine Stimme war leistungsfähiger als je zuvor. Das war das Einzige, was mir so etwas wie Vorfreude auf morgen gab. Haifisch Koller sollte meine neue Harpune zu spüren bekommen – ramponiertes Selbstkonzept hin oder her. Das war ich mir und meinem Beraterstab schuldig.

Nach der Übung ist vor der Übung, Stillstand heißt Rückschritt. Bleiben Sie am Ball und setzen Sie sich weitere Ziele. Sie werden sehen, dass Sie immer wieder neue Aspekte des Faszinosums Stimme entdecken. In diesem Sinne: Sprechen Sie gut!

Aufgehoben

Alle waren so freundlich zu mir, dass ich es kaum aushielt. Mein Chef meinte im Gespräch unter vier Augen, dass ich die Arbeit sachte angehen solle, das Wichtigste sei jetzt meine Gesundheit: »Wir haben ja nur eine, nicht wahr?« Ein ungeheuer geistreicher Mann, ich hatte ihn vermisst.

Auf meinem Pult türmten sich keine hängigen Arbeiten, man hatte sichergestellt, dass ich nicht gleich unter dem Druck zusammenbreche. Meine Assistentin machte mir Komplimente zu meinem Aussehen und brachte mir schonungsvoll bei, dass meine Projekte anderen übergeben worden seien. Ich solle dem Chef einfach melden, wo ich mich wieder »einklinken« wolle.

Als Erstes klinkte ich mich ins Firmennetzwerk ein, studierte meinen fast leeren Terminkalender, überflog die wenigen E-Mails, die noch nicht bearbeitet worden waren, und hielt dabei Ausschau nach Koller. Der ließ auf sich warten. Die Mittagspause kam, ohne dass ich einen Schutzanzug gebraucht oder meine Harpune eingesetzt hätte. Mir widerfuhr in meinem Leben ein weiteres Mal das bare Nichterleben.

Am Nachmittag, kurz vor halb vier, kam es doch noch zur erhofften Begegnung. Ich erblickte ihn, wie er am Getränkeautomaten im Korridor stand. Er wirkte dynamisch, elegant, erholt. Mit der Erholung ist es jetzt vorbei, Freundchen, Kübler ist zurück!

Koller hatte mich gesehen und winkte mir unverbindlich, bestimmt hoffend, so das persönliche Aufeinandertreffen zu vermeiden. Ich erhob mich vom Pult und ging auf ihn zu. Die Sommerbräune schien mit jedem meiner Schritte mehr aus Kollers Gesicht zu weichen. Als ich bei ihm angelangt war, gab ich ihm die Hand, begrüßte ihn freundlich und sagte bedeutungsvoll: »Schön, Sie *hier* zu sehen.« Ich bin mir nicht sicher, ob Koller meinen ironischen Unterton verstand, jedenfalls wünschte er mir alles Gute für den Wiedereinstieg. Wir betrieben noch einige Minuten Smalltalk, wie ich es in Dr.B.s Rollenspiel geübt hatte. Innerlich bereitete ich mich auf meinen Angriff vor.

Als es an die Verabschiedung ging, legte ich ihm einen Arm kollegial auf die Schulter, zwinkerte ihm zu und sagte mit konspirativer Miene:»Um auf unser Telefongespräch zurückzukommen: Sie können unbesorgt sein. Ich habe selbstverständlich niemandem von Ihren Ambitionen im Pornogeschäft erzählt.«

Ich nahm meine Hand von Kollers Schulter. In seinen Augen las ich zuerst Irritation und glaubte dann die Erwiderung meines Hasses zu erkennen. Mein Tag war gerettet. Bis zu dem Moment, als Koller mit der sichersten und klarsten Stimme, die ich mir vorstellen konnte, sagte:

»Ich weiß ja nicht, weshalb Sie bei Dr. B. waren, Herr Kübler. Hätte ich es wissen wollen, hätte ich mich zu Ihnen ins Wartezimmer gesetzt. Seien Sie aber versichert, dass *ich* seinen Rat nicht wegen Potenzproblemen gesucht habe.«

Ich überlegte. Eine Sekunde, zwei Sekunden, drei Sekunden. Dann war mir klar: Bei Dr. B. war ich besser aufgehoben als bei einem Stimmcoach.